いまなお 原爆と向き合って

――原爆を落とせし国で――

Kikuko Otake（大竹 幾久子）

本の泉社

亡き母に　捧ぐ

私の家族　1945年7月ごろ
左から著者　幾久子（5歳）、母　雅子（32歳）、紘二（3歳）、勝一（8歳）

原爆が投下されるほんの1ヶ月前に、父が撮影したもの。私はこの日に限って写真を撮られるのが嫌で泣いたので、べそをかいている。間もなく世紀の大惨禍が起こることを予感していたのだろうか。

◀父

▼私の両親（左：古田信一　右：古田雅子）

◀父の出征（一回目）

▶父召集される（二回目）
（左から、母雅子、幾久子、勝一、父信一）
父は陸軍に召集されたため頭を丸坊主に刈っている。
父はその後三回目の召集を受け、広島の部隊に駐屯した。

1944年夏（被爆1年前）
左から、勝一、紘二、幾久子、母 雅子

1955年冬（被爆 10年後） 左から、幾久子、勝一、母 雅子、紘二

母　古田雅子　1963年5月（被爆18年後）50歳

いまなお　原爆と向き合って

――原爆を落とせし国で――

目次

本の泉社

目次

はじめに

一九四五年八月六日、人類史上初の原子爆弾が広島に投下された。

私たちが住んでいた広島市打越町は、爆心地から一・七キロメートル。原爆の爆風により、建物は瞬時に倒壊。私たちは、家屋の下敷きになった。家族全員が、ひどい怪我をしたが、九死に一生を得た。広島では、このたった一発の原爆のために、その年の暮までに、一四万人もの人々が、犠牲となった。

父の古田信一は、三五歳。赤紙一枚で召集され、広島陸軍第五師団西部第二部隊に配属されていた。

母の古田雅子は、三二歳。母は、左腕の肘下が裂けるという大怪我を負いながら、兄（勝一　八歳）、弟（紘二　三歳）、私（幾久子　五歳）の三人の子どもたちを、崩壊した家の瓦礫の中から助け出した。不在の夫に代わり、子どもたちの生命を守ろうと必死だったに違いない。

いくら探しても、父は戻らなかった。父の所属部隊は、爆心地からほんの五〇〇メートルの西練兵場で演習をしていた。兵隊は、隊列を組んだままの形で倒れ、原爆の高熱線で焼かれ、全員死んでいたという。父もそのうちの一人だったのだろうか。遺体は、いまもまだ見つかってはいない。

母は、突然原爆未亡人になった。戦後の荒波を越え、必死に働き、気丈にも女手一つで三人の子どもを育て上げた。私は、母が嘆くのを聞いたことがない。

しかし母は、原爆のことは、私たち子どもにも、決して語ろうとはしなかった。そればかりか、八月六日に平和公園でおこなわれる記念式典には、近郊に住んでいたにもかかわらず、一度も出席しなかった。平和記念資料館にも足を向けたことはない。

原爆を思い出させるものを一切拒否したのだ。長い間、母に原爆のことを聞くのは、タブーだった。

私はといえば、被爆時とその後のことは、断片的な二・三のことを除いては、あまりよく覚えていない。すでに五歳だったのだから、いろいろな記憶があるはずだが、頭に大怪我をして失血状態にあった。しかも、原爆は大人ですら信じられないこの世のものとも思えない大惨事だったのだ。五歳の子どもには、その未曾有の出来事が理解できなかったのだろう。

大学卒業後、私は、留学中の婚約者と結婚するために渡米した。夫が博士号を取ったら帰国するはずだったが、現地で就職。二人の子どもにもめぐまれ、とうとうアメリカに永住してしまった。

月日が経つにつれ、時差の関係もあって、原爆投下時刻の黙祷の習慣もなくしていた。そんな私が、自分の被爆のことについてもっとよく知っておくべきだと思うようになったのは、もう五〇歳を過ぎてからだった。

「八月六日の惨状は、どのようなものだったのか?」
「その晩母子四人はどこで寝たのか?」
「被爆後はどこでどのようにして生き延びたのか?」
聞きたいこと、知りたいことはたくさんあった。

今のうちに母から原爆のことを聞いておかないと後悔する。このままでは、私は、一生被爆体験が分からなくなる。気付くのが少し遅すぎたが、いまなら間に合う。

はじめに

一九九一年の夏、アメリカから広島の実家に里帰りしていた私は、ついに意を決して、母に原爆の時の話を聞くことにした。その朝は、珍しく友人や親戚などの訪問客もなく、母と二人きりの静かな朝だった。勇気を出して、恐る恐る聞いてみた。

「ねぇ　お母さん　原爆の時は、どうだったん?」

すると驚いたことに、母は嫌とは言わず、四六年間の沈黙を破って、話し始めた……。

1945年10月5日撮影。
撮影：林重男／提供：広島平和記念資料館

「上方左から西練兵場、福屋旧館、福屋百貨店、紙屋町交差点、奥に比治山北麓。手前左右の道路は広島護国神社参道で、直交する道は広島電鉄市内電車軌道、参道少し北寄りに大鳥居。参道上方は広島第一陸軍病院第一分院」跡。

一章　『母の証言』

■原爆投下直後のこと
「思い出しとうない。何も言いとうない」

あのね

朝
畑になっとった裏庭に　出てみたら
前の人が植えとっちゃった　カボチャに
その日　初めて
雌花が咲いとったんよ
まあ　うれしゅうてね
ああ　これで　おいしいカボチャが食べられる
思うたんよ

鉄道線路の前の道を

女の人が　白い日傘をさして
歩いとってのが見えた

今日も暑い日になりそうじゃのう
早《はよ》う　洗濯をすまさにゃあ
そう　思うたんよ

そして　家に入って
盥《たらい》で洗濯をはじめて
すぐ

じゃったかねえ……

まあ
あの女の人が

線路のむこうまで　吹き飛ばされて
日傘をさしたまんま　あおむけに倒れて
死んどっちゃったよ

あの日は　ねえ
あん時のことは　ねえ
この世のものとも思えん

地獄じゃった

・・・・・

ああ　想い出しとうないよ

今日は　こらえてや

何も　言いとうない

■原爆投下直後のこと
「地獄絵より酷い。ああ　もう　続けられん」

どれぐらい　気絶しとったか
シャーシャーと　シャワーを浴びとるような
ええ　気持ちじゃった

そのうち
子どもの泣き声が　だんだん　近づいてきて
はっとして
何かをはねのけて　立ち上がったら
あんたと紘二が
メチャメチャになって　ぺちゃんこに潰れた家の屋根の上から
上半身を出しとるのが　見えたけん
瓦礫の上を這うて行って

すぐ　引っ張り出したんよ
二人とも　頭に大怪我をしとってね
血が　ゴボッ　ゴボッ　と　噴き出とった

勝一はどこじゃろう　思うたら
落ちた屋根の間から　自分で　這い出てきたが
この子も　頭や額から血を出して
まあ　右目が潰れて　片目になっとった

自分の家が爆撃された！
あん時は　そう思うたんよ

子どもが大怪我をして　血を出しとるけん
包帯が要る思うてね
潰れた家の　割れた屋根瓦や　粉々になった壁土をかきわけて
やっとのことで

瓦礫の中から防空かばんを掘り出して
そん中の救急箱にあった三角巾で　頭を斜めに縛ってやったんよ
ほいじゃが　そんなことじゃ　間に合やぁせん
三人とも　どんどん出る血が顔に流れてきて
女の子のあんたは　血が髪の毛にへばり付いてきて
幽霊のお岩さんのようになった
着とった服が　ほこりだらけになって
ボロボロにちぎれとったが
その白い服が　みるみる　血で赤黒うなった
もっと　包帯を巻くも　三角巾でしばるも
三人の頭からあふれ出る血を
止めることはできんかったけん
しょうがない
顔の上に血が流れるままにしといた

子どもに気をとられとったが

そん時
何《なん》か目の方に汗が流れてきたような気がしたけん
手でぬぐうたら
手の平が　血で真っ赤になった
ほいで初めて　自分も怪我をしとることがわかったんよ

原爆のものすごい爆風で
台所の窓ガラスが割れて　先のとがった破片になって
矢のようになって飛んできたのが
私の頭や顔の右半分に　いっぱいつき刺さっとった
なあに　自分でぬけるガラスは
あとで　自分でぬいたんよ

でも　この左腕が　一番いけんかった
左腕の肘の下が　十センチぐらいも　ばっくり　ザクロのように割れて
白い骨が見えとった

そうこうしとるうちに　ほうぼうが　焼けだしたけん
こりゃ　危ない思うてね
小《こ》まい五つのあんたと三つの紘二を
八つになったばっかりの勝一と私の二人ではさんで
すぐに　逃げることにした
ほしたら　そん時
隣の和子伯母さんが　崩れた家の下敷きになって
手だけ出して
「助けて下さい」言うちゃったけん
引っ張り出してあげたんよ
隣は二階建てで　立派な造りの家じゃったけん
ええ木が　使うてあって
太い柱が　動きゃあせなんだのに
よう　この怪我して　プラプラになった腕で
出してあげられたもんじゃねえ

空襲の時　避難することになっとった三篠《みささ》小学校は
もう　火の海じゃったけん
近くの　打越の河原へ逃げたんよ

まあ　その河原は　大火傷と大怪我の人でいっぱいで
阿鼻叫喚《あびきょうかん》！

たまげたねえ
一体　これは何ということかと
思うたよ

体中が火傷で真っ赤になって
焼けた皮膚が　ズタズタのボロ布《ぎれ》のようになって　ぶらさがっとる人
胸がえぐれて　肋骨が見えとる人
頭が割れて　片目が頬の上にぶら下がっとる人

頭の傷があんまり大きいんで　どっちが顔じゃかわからんような人
お腹に白い布《きれ》を巻いとってのか　思うたら
まあ　はみ出た腸を自分で抱えとる人じゃった

服は　着とりゃあ　ええ方で
それも　焼け焦げてボロボロになっとったが
ほとんどの人は　そのボロ服も無《の》うて
赤黒い裸になっとった

みんな　焼け爛れとるか　大怪我をして　血だらけで
顔は　真っ赤に腫れあがったり　潰れとる人もいっぱいで
男か女かもわからなんだ

どの人も　この人も　見たこともない形相《ぎょうそう》で
まあ　これは人間じゃろうか
思うたね

地獄絵いうのがあるが
あれよりも　ひどかった

その河原に
家の向かいに住んどっちゃった
お父ちゃんのお兄さんの　廣一伯父さんも
逃げて来とっちゃったん
まあ大火傷をして　体の皮がみな剥けてね
胸が真っ赤で
体中に　赤チンを塗ったようになっとっちゃった
頭も焼けて　髪の毛が一本も無《の》うなって
顔の皮膚が　下に　ざっと　ずりおちとった
目もあけられんようになって
腫れあがった上唇が　赤剥げになった鼻にくっついとった
幽霊のように　手を前に下げて

その指の先に　ずり落ちた皮膚が
薄い皮の手袋みたいになって　ぶらさがっとった
「お義兄《にい》さんですか」
言うたら
こっくり　しちゃったが
すぐに　ぐにゃっと倒れて
死んじゃったよ

夜のように　どんより暗うなってね
何時かも　わからなんだ

さっき　阿鼻叫喚《あびきょうかん》言うたが
痛い言うて　大声で泣いとるような者《もん》は　一人もおらなんだ
河原にゃ　あいだけの人が　ぎっしりおるのに
不気味に　シーンとして
みんな幽霊のように

立ったり　しゃがんだり　ころがったりしとった

子どもが怪我をして　血だらけになっとるけん
こりゃ　着替えが要る　思うたが
その頃にゃ　家の方が　皆　燃え出して
家へ物をとりに帰ることが　できんかった
ほいで
モンペの上着を脱いで　三人の子どもの上にかけて
子どもを河原においといて
自分一人で　祇園の近くの山本まで　疎開してある服を
まあ　あん時
取りに行ったんよ

途中は　そりゃあ　もう
祇園の方へ逃げていく　怪我人と火傷の人でいっぱいでね
手足がまともに　四つついとるような者《もん》は

一人も　おりゃあせなんだ
火傷の人は顔が赤や紫に腫れあがって
幽霊のように　手を前にさげて
みんな　だまったまま
広島中が燃え出した大火事と黒い煙に追われて
当てもなく　市外へ　市外へと
フラフラ　ゾロゾロ　歩いとった
途中で一人　また一人と　倒れて
道のまわりにゃ
死にかけとる人や　死んだ人が　いっぱい
うずくまったり　ころがったりしとった
歩いとる者《もん》も　死んでころがっとる者《もん》も
みんな　同じようじゃったねえ
まだ髪のある者《もん》は　みな　熱線で焼けたんで灰色のざんばら髪になって
焼けてボロボロになった　血みどろの服を着とりゃあ　ええ方で
ほとんどの人は素っ裸じゃった

顔は溶けたようになって　目も鼻も無うなって
お腹が裂けて内臓がとび出とって
手や足が半ちぎれで　ぶらさがっとって
歩けんはずの人も　歩きよって
とても人間には見えんかったねえ

地獄の幽霊の行列のようじゃった

あとで考えてみたら
自分も同じような姿じゃったんじゃがね

山本まで行ったが
どういうわけか
どうしても　疎開した荷物をおいた家が　見つからなんだ
そのうち
途中で　釘でも踏み抜いたらしゅうて

足やなんかが　「痛い」　ゆうことが
あん時　初めて　わかるようになってきたん
裸足じゃいうことにも　初めて気づいた
道は　爆風で飛ばされて壊れた家の壁土や柱や屋根瓦やガラスの破片で
いっぱいで
熱線で焼け焦げた木や電信柱が半倒れになって　道をふさいどったし
電線が頭の上に垂れ下がったり　道の上でもつれとる所もあった
そうような所を裸足で歩いとったわけよ

ほしたら
急に　子どものことが気になり始めたん
こうような時に　子どもだけにして　河原においてきた
子どもは今ごろどうしとるじゃろうか　思うたら
心配でたまらんようになってきたけん
すぐ　戻ることにしたん

ところが　打越の河原に戻ったら
子どもが　おらんじゃあない
ひょっとして
子どもは　家の方へ戻ったんじゃあないか　思うたが
「家へ戻るな！　火の海じゃ！」
「子どもを探しに家へ戻るな！」
言われたけん
気狂いのようになっとったら
ひどい怪我をして動けんようになった六十ぐらいの女の人が
「あんたのモンペと同じ柄の上着をかぶった三人の子が
お母ちゃん、お母ちゃん、言うて　泣いとったで」
と言うて
みんなについて　近くの竹薮に逃げたと　教えてくれた

ほいで　すぐに　竹薮へ行ってみたが
そこにも　子どもはおらなんだ

その頃　雨が降り出したけん
みんなは雨をよける為に
そこから　橋の下やなんかに逃げたときいた

あとでいう「黒い雨」じゃね

一体どの橋じゃろうか
どうやって探したらよかろうか　思うたが
一番初めに行った　壊れて半分になった一本橋の下に
三人が　おって
ワー　ワー　言うて　泣いとった

ほんまに　よかったねえ
あん時　モンペの上着を子どもにかけとらなんだら
あんたらは　原爆孤児になっとったかもしれんねえ

その一本橋の下に
真っ青《さお》な顔をして
全身灰色の石像のような
無傷に見える素っ裸の兵隊さんが一人おっちゃったが
あの人は　どうして　ああ　全身が白かったんじゃろうか

その夜は　河原で寝たんよ
あっちも　こっちも　広島中が燃えとって
河原だけが　まあ　安全なとこじゃった
家も焼けてしもうて
蒲団も何もなかったけん
その辺にあった　山芋のつるを引っ張ってきて
三本ぐらいお腹の上にのせて
それが上掛けのつもりで
寝たんよ
血で固まって　ゴワゴワになった半ちぎれの服を着たまんま

頭から出た血が　顔の上で筋になって乾いたまんま
ガラスの刺さった顔も　ばっくり割れた左腕も　血だらけのまんまで
「黒い雨」が浸み込んだ河原の砂の上に
母子四人で　寝たんよ

あの夜は寒かったねえ

次の朝
兵隊さんが　炊き出しのおむすびを配ってくれちゃったん
ところが　あの頃の　銀めしのおむすびじゃのに
あんたらは　食べんのよ
暑い夏じゃったけん
焼きおむすびにしてあったけど
黒うに焦げて死んどる人が
そこら中に　ようけ　おってでしょう
それを見とるけん

焼いて黒うなっとる　おむすびを見たら
あんたらは　ワーと　泣きだしたんよ

川には　死体がいっぱい浮いとってねえ
すぐ　横には
火傷や大怪我の人が　ころがとってねえ

生きとってのか
死んどってのか
「水……、水……」言うとった人が
何も言わんようになってねえ

その頃にゃ
死んだ人を見ても
もう　どうも思わんかったね
自分も　生きとるのか　死んどるのか

ようわからなんだ

三日ぐらいした頃じゃったかねえ
死んだ子を　ずうっと　抱いて　泣きよっちゃったお母さんが
その子を　自分で　焼きだしちゃったんよ
暑い時じゃったけん
まあ　ウジがわいてきたんよ
そのまんま　おいとけんから
河原に　ちょっと　穴を掘ってね
もう　木っ端《こっぱ》も　その辺にゃ残っとらんかったけん
しょうがない
その辺の芋づるをひっぱってきて　おいてね
その上に死んだ子を置いて
泣く泣く　自分で　焼きだしちゃったんよ
方々で　そうやって　親や子を焼きよっちゃったねえ

人を焼く　燻る二オイがしてねえ
そこら中　血なまぐさあい　二オイがしてねえ
どんどん腐る死体のひどい二オイがしてねえ
広島中が焼けた二オイがしてねえ

まあ　ねえ

あん時のことは　ねえ

一体　どう言《ゆ》うたらええか

この世の　生き地獄じゃった

とても言葉では　言い表わせん

ほんまに
もう
あんとうな地獄は
・・・・・
ああ
もう　続けられん

■原爆の次の日
「南無阿弥陀仏、南無阿弥陀仏」

原爆の次の日
子どもは　山芋のつるをかぶせて　河原においといて
召集されて　広島の西部第二部隊の陸軍兵じゃった　お父ちゃんを
探しに行ったんよ

広島市内は　一面の焼野が原になっとったが
まだ　方々で火が燻《くすぶ》っとって
踏めば熱い所がいっぱいあった
道は瓦礫でうまってわからんようになって
劫火で焼かれた白骨死体や黒焦げ死体や　虫の息の火傷の人が
足の踏み場もないほどごろがっとった

それをよけながら歩いて　広い電車通りに出たら
満員の電車が　真っ黒に焦げて枠だけになって　止まっとった
中の人は
立った人は立ったまんま　座った人は座ったまんまで
みんな真っ黒な炭のようになって　死んどっちゃった
電車から外へ吹き飛ばされた人も多かったんじゃろうか
電車のまわりにも　焦茶色になって死んだ人がいっぱいころがっとった

そん中を　よろけながら　相生橋《あいおいばし》まで歩いて行ったら
なんと　まあ　あのコンクリで造った橋が
ずれて　割れて
「く」の字に曲がって　上へ　つき上がっとった
その割れた橋を渡りよったら
橋の割れ目に　自転車に乗った人が　はまって
乗ったまんまの形で
黒い人型になって　死んどっちゃった

下の川にゃ　まあ　一面に　大人や子どもや軍馬の死体までが
ぎっしり浮いとって
水も見えんほどじゃった
たいがいは　火傷や怪我がひどうて
上をむいとってのか
うつぶせになっとってのかも　わからなんだが
中に一人
天を　かっと　にらんで　浮いて流れていく　人がおっちゃった

どうにか相生橋《あいおいばし》を渡ってから　近道をするために
護国神社を斜めに抜けよったら
大火傷をして
「水……、　水をください」言うてうめいとる人が
そこらじゅうに　いっぱいでね
中にゃ　走って行く私の足首をつかむ人もおっちゃった

私が足を動かしたら
そのつかんだ指からズルっと皮がむけて
その指の皮だけが　私の足首にからみついて　残ったんよ
まあ　ねえ

神社の横の水道が爆発してね
水が噴き出しとったけん
その水をモンペの上着にしませて
その服の端を絞って
みんなに死に水をあげたんよ
火傷がひどうて　どこが口か分からん人もおっちゃったし
口もあけられん人も多かったがね

お父ちゃんのおっちゃった部隊の西練兵場は
この護国神社のすぐ先じゃったけん
気がせいて

こうして水をあげながら
ナンマイダブツ
ナンマイダブツ
言いながら　走ったんよ

西練兵場の辺へ行ったら
兵隊さんは東練兵場へ逃げたときいたんで
浅野の泉邸（注：縮景園）を通って
そっから　壊れた橋を渡って
今の広島駅の辺にあった東練兵場を通って　府中の方まで行ったが
途中は　もう
兵隊さんと民間人の死体の山じゃった

焼け爛《ただ》れた人は　一日たつと
みな　大水ぶくれになって
目は　腫れあがり

唇は　むけあがり
髪の毛は焼けて　はえぎわも　わからず
眉毛も　無《の》うなって
男か女かさえも　わからなんだ

兵隊さんが　ようけ倒れて　山のようになっとる所があったんで
「古田です」
「古田信一一等兵は　おりませんか」言いながら
見てまわったん
どの兵隊さんも
服は焼けて無《の》うなって　裸になっとっちゃったが
ベルトだけは残っとって
パンパンにふくれあがったお腹が　ベルトでおさえられて
ベルトの上下で　はちきれそうになっとった
みんな眉毛も髪も焼けて無いし
顔は真っ赤になって　腫れあがっとったんで

丸顔も細面《ほそおもて》も　ありゃあせん
皆　同じまあるい顔に　なっとっちゃったけん
顔を見ても
どの人が　お父ちゃんか　わからなんだ

また
「古田はおりませんか」
言うたら
一人の兵隊さんが
ホーと　目をあけちゃったが
あ、ちごうた
言うような顔をして
また　目をつぶっちゃった

あの頃は　もう軍隊も物資不足で
ベルトだけは　自前になっとったけん

ベルトを　目じるしに　お父ちゃんを　探そう思うてね
山んなっとる　兵隊さんの一番上の人を
ちょっと押したんよ
ほしたら　その人が
ゴロンところがって　下に落ちちゃった
「すんませんね　ナンマイダブツ」
言いながら
次の人のベルトも見よう思うて
何体も　何体も　ころがしてみたが
死んどる人を　あんまり　ゴロン　ゴロンと
ころがすわけにもいかんでね
それに　山の中にゃあ
まだ　ちっとは　息の根もあるんじゃないか　思う人も
おっちゃった

そのうち

あんまり　ようけおってじゃし
お父ちゃんは　どこかわからんし
ひょっとして　この死体の山の下敷きじゃろうか　思うたが
いやいや
きっと　生きて打越に帰ってくるに　ちがいない
女や子どもでも　あれだけ逃げたんじゃけん
お父ちゃんは　男じゃし
ゲートルを巻いとっちゃたんじゃし
武装もしとっちゃったんじゃけん
どっかへ　逃げとってにちがいない
思いだしてね

それに　置いてきた子どものことも気になったんで
探すのを　やめて
河原へ　戻ることにしたんよ

南無阿弥陀仏
南無阿弥陀仏

1945年8月7日撮影
撮影：岸田貢宜／提供：岸田哲平

まだくすぶる焦土の煙のむこうに鉄骨だけになった
原爆ドームがぼんやりとみえる。

■原爆のまた次の日
白骨になっていた　彌太郎伯父さん

そのまた次の日じゃったかねえ
今度はあんたら三人の子どもを連れて
十日市近くの西引御堂町《にしひきみどうちょう》にあった　おばあちゃんの家の焼け跡に
行ってみることにした
十日市いやあ　爆心地のすぐ近くよう
原爆が落ちたあん時は
彌太郎伯父さんが家におっちゃった

河原から母子四人で歩いて行ったが
歩けるような道は　ありゃあせなんだ
そこら中コンクリの破片や砕けた瓦が
焼け落ちた家の瓦礫と一緒になっとる所に

半焼けの死体や白骨死体が　ようけ散らばっとったけん
もう　足の踏み場も無かった
それにまだ熱い所がいっぱいあったけん
子どもの手をひっぱって　どっか開いた所へ連れて行こう思うたが
そうような所はありゃあせん
四人とも　躓《つまず》きながら　よろけながら
道もわからん所を歩いて行ったんよ

いろんな死体があったねえ

真っ黒に焼けた家の焼け跡に
一つは大きゅうて　一つは小《こ》まい白骨死体があった
二つは抱き合うた形じゃったが
親子じゃったんかねえ

ビルのコンクリが粉々になった中に

焼けた死体が六つぐらいあったが
中には頭が割れとるのもあって
焼けた脳みそみたいなのが流れ出とった

瓦礫をよけたら　白骨死体を踏んでしもうた
あんたは　譬《たと》えは悪いが
焼けた丸太のようになって転がっとっての　膨れ上がった焼死体に躓《つまず》いて
転んだりした

前の日に
ひどい火傷をした中学生が五人
輪になって座って
やっと出る小《こ》まい声で
「水……　水をちょうだい」
言うとっちゃったが
その場で　全員死んどっちゃった

死体は生焼けのものの方が多かったねえ
肉が白骨にこびりついとったり
焼け焦げの胴体から　足の骨だけが白骨になって　二本出とるのもあった

相生橋《あいおいばし》に近づくにつれて
焼けた死体の色は
赤から　焦茶色　真っ黒へと
変わっていった

その頃にゃあ
身内の安否を尋ねて　人がようけ広島市内に入ってきちゃった
郊外から探しに来た者《もん》は　そりゃあ無傷じゃったが
私らのように　怪我をして　火傷や怪我から血を流しながら
やっと歩いとる者《もん》も多て
それが　みな

親や子や親戚の者の名前を　大けな声で呼びながら
その人がどこにおるか知っとる人はおらんかと
みんな必死になって　誰彼なく尋ねよった

そん時の空気のニオイは
そりゃあ　まあ　ひどいもんじゃった
広島中が焼けた焦げのニオイに　どんどん腐る死体のひどいニオイ
それに火傷や怪我の膿のニオイも混じっとったんじゃろうか
ものすごい濃さで　息をするのが苦しかった
あん時のニオイは　どう言うたらええか
後にも先にも　まあ　あんとなニオイは　二度と経験したことがないねえ
喩えようも無い　吐き気のする　ものすごいもんじゃった

焼けて二倍以上にふくれ上がった　茶色い焼死体の中にゃあね
口や鼻から　ときどき
泥のような物を　プシューと出すのがあった

まだ残っとる体液が
上からはガンガン夏の太陽に照りつけられて
下からは焼け跡の熱で煮えたからじゃろうか
まあ　ねえ

怪我をした腕をボロ布《ぎれ》で吊った男の人がおってね
もう一方の手で　ふくれ上がった死体を一つずつひっくり返しながら
お父さんを探しよっちゃった

中学生の兄さんと妹さんじゃろうか
焼け跡からお母さんの骨をひろうて
ゆがんだバケツの中に入れよっちゃった
家の下敷きになったお母さんは　火がそこまで来とったんで
「ほっといて逃げんさい。今すぐ！」
言うちゃったそうな

血の滲んだ包帯を頭に巻いた男の人が
怪我した年老いたお母さんを背負うて
横を駆け抜けて行っちゃった
負われたお母さんは
「律子、どこにいるう」
「急げ、急げ。早《はよ》う探し出さにゃあ」と
大声で言い続けておられた

ほんまに　早《はよ》う探し出さにゃあいけんかったんよ
その頃にゃあ　軍隊のトラックが来てね
どんどん死体を運び出し始めとった

はじめは兵隊さんが三人で　焼けた死体を持ち上げちゃったんよ
ほしたら火傷の皮がズルッとむけたんで
死体がドンと下に落ちてしもうた

これじゃあいけんと　もう二人兵隊さんを呼んできて
二人は手　二人は足　一人が頭を持って　五人がかりで死体を持ち上げて
トラックの荷台に抛《ほう》り入れちゃった

ほいじゃがね　死体があんまりようけあるんで
こうはしとれんと　シャベルを持ち出してね
まるで　土でも抛《ほう》りこむように
シャベルで死体をトラックに投げ入れだしちゃった
トラックがいっぱいになると　どっかへ行ってしもうたが
中にゃあ　まだ生きとる人もまじっとってね
走っていく荷台から「タスケテ」言いよる人もおっちゃった

広島中が焼野が原になったんで
おばあちゃんの家がどこか　わからんかったが
この辺じゃったと見当をつけた所の裏庭に
焼けてはいるが

がっちり作った見覚えのある　地下に掘った防空壕をみつけた

その防空壕の入口にね
片手をかけた形で
彌太郎伯父さんの亡骸《なきがら》があった
原爆のものすごい熱線で起こった火事に焼かれて
きれえな白骨になっとっちゃった

勝一と紘二とあんたは　みな
ちぎれて大汚れで　乾いた血でゴワゴワになった服を着たまんま
髪の毛に血がこびりついて
顔に流れた血も筋になって乾いたまんまで
しゃがんで
彌太郎伯父さんの白骨死体を　じっと　見つめとった

ほいじゃがね

あんたらのその目は　うつろじゃった

広島市が見渡す限り　全部焼野が原になって
瓦礫の中に　黒焦げや白骨の死体がころがっとって
人間にも見えん怪我人がいっぱいで
大人でさえも信じられん　この世の物とは思えん光景じゃったけん
三人とも　まあ　ものすごいショックをうけとった

河原からそこへ行くまで
あんたらは一っ言もしゃべらなんだ

あん時は　みんな
全然　食欲もなかったねえ
爆弾が落ちてから　一週間くらいは
何にも飲まず
何にも食べたいと思わなんだ

そのあと　お父ちゃんを探しに
また　西練兵場の方へ行くつもりじゃったが
三人の様子を見たら
こりゃあ　とうていだめじゃ　思うてね
こうような時に　子どもをここへ連れてきたことを後悔した
それで河原へ帰ることにしたんよ

あんたが　いつか
焼け跡できれえな白骨死体を見たのを覚えとる
言うたことがあったでしょう

ありゃあ　きっと
彌太郎伯父さんの亡骸《なきがら》じゃったんじゃねえ

■原爆から一週間
人間って　死なんもんじゃね

三日目ぐらいに
横川の信用組合があった所の焼跡に
テントばりの　救護所みたいなもんが　できたんよ
そこで
この　ばっくりザクロのように割れて
プラプラになった左腕を
見せたらね
「今なら　肘から下を切るだけですむが
手遅れになったら　肩から切断するようになるよ」
言われたんよ

小《こ》まい子が　三人もおるのに

この上　片腕にでもなったら　どうなることか
思うたけん
「ちょっと待って下さい」
言うて　帰ったんよ

なあに
手足があって　歩いとるような者《もん》は
怪我人の内じゃなかったけん
すぐ　手術しましょうとは
誰も言わなんだよ

この腕を切らにゃいけんか　思うたら
なさけのうてね
傷口を水で洗うては
救急箱の中にあった　たった一本の赤チンを
節約しながら　一日に一刷けずつ

毎日　毎日　塗ったんよ
なあがい間
指先は　しびれたようになっとったし
腕に　力が入らんかったし
こうして　大けな三日月型のキッポも残ったが
この左腕は
赤チンだけで　治したような　もんじゃね

あんたらも　みんな　頭に大怪我をして
家から這い出た時にゃ
心臓が　トック　トックいうのに　合わせるように
頭から血が　ゴボッ　ゴボッと
噴水のように　噴き出るほどじゃったが
救護所で診てもろうても
赤チンを　ぺー　と　つけただけで

「はい、お次」
それなのに
化膿もせんで
脳膜炎にもならんで
ようも　治ったもんじゃねえ

原爆の後　一週間目ぐらいじゃったか
お父ちゃんを探しに　母子四人で
可部の方まで　歩いて行ったんよ
その頃にゃ
郊外のお寺や学校が急ごしらえの避難所になっとって
そこへ　ようけ　逃げてきた人が　おっちゃったんで
道々　そうような所へ寄っては
お父ちゃんを探したんよ

怪我や火傷の人は　筵《むしろ》の上に寝とりゃあ　ええほうで

たいがいは　地べたの上に　ただころがっとっちゃった
そこらじゅう　ものすごいハエでね
怪我の傷口や　火傷したところにハエが
真っ黒になるほどたかっとった
そこに　まあ　いっぱいウジがわいてきて
まだ生きとってのの人の生身を　ウジが食べよった
ウジに食べられると　痛いんじゃろうねえ
方々でうめき声が聞こえとった
そん中に　一人　か細い声で
「お母さん、助けて。お母さん、痛いよう」
言うて呼んどる女学生がおっちゃったが
まわりにゃ　それらしい人は誰もおらなんだ

避難所はどこも
傷の膿や腐りかけた死体のニオイがひどうて
息もつけんほどじゃった

ここでも　みんな　火傷はひどいし　大怪我もしとってじゃし
その上　ハエが体中が真っ黒になるほど　たかっとったけん
男か女かの　見分けさえもつかなんだ

そうような所を
「古田です。古田信一はおりませんか」
「私は　雅子です」
言いながら
一人ずつ見てまわったんよ

ほいじゃがね
どの避難所でも　やっぱり
お父ちゃんは　見つからなんだ

原爆から一度も着替えていない
血でゴワゴワになった　半ちぎれの服を着たまんま

四人で　ふらふらと
打越の河原の方へ帰りよったら
雨が降り出した
雨にぬれて歩きよったら
あんたが　ガタガタ　震えだしたんよ
それでも
三つの紘二を　右手で
五つのあんたの手を　怪我した左手でひいて　歩かせるのが
精一杯じゃった
無理に歩かせよったら
あんたが　真っ青《さお》になって
ガタガタ　ガタガタ
それこそ　歯の根も合わんほどに
ますます　ひどく　震えて
フラーと　倒れこんできた

あん時
ああ　この子は死ぬわい
思うたね

それが　まあ　こうやって
今　ええがいに　生きとるねえ

人間って
なかなか　死なんもんじゃね

■原爆から一ヶ月
だから　生きている

二週間目ぐらいに
郊外の五日市町楽々園へ行くことにした
楽々園には　お祖父ちゃんが　貸し家用に建てた家があった

暑い中を
近くの横川駅から　山陽線の線路伝いに歩いて
己斐《こひ》で　ちょっと休んで
また　汽車の線路ぞいに　五日市の先の楽々園まで
一日かかって
母子四人で　歩いていった
その間に　あんたらは　なんべん下痢をしたことか
十分おき位には　かわるがわるしゃがんで　下痢をした

怪我はしとるし　下痢はしとるしで
フラフラになって
ようやく　楽々園に　たどりついたら
高橋の伯母ちゃんが
「そうような病人は　病院に入れてもらいんさい
みんなにうつったら　どうする気ね」
と言った
子どもが　皆　あんまりひどい下痢をしとるんで
あん時は　赤痢か疫痢じゃないか　ということになっとった
それが「原爆症」じゃいうことは
あん時は　誰も知らなんだからね

五日市の役場から　上にゴザを敷いただけの大八車がきて
母子四人は
頑丈な中年のおばさんが一人で曳く　その大八車に乗せられて

五日市の奥の避病院へ連れていかれた
病院は　市内から逃げてきた火傷や怪我の人でいっぱいで
廊下はおろか軒下まで　病人があふれかえっとって
とても病院には見えんとこじゃったが
廊下の隅に　洗面器に入れた　消毒用の昇汞水《しょうこうすい》があるのだけが
病院らしかった

病院は子どもと同じような下痢の人が　いっぱいでね
便所は　いっつも混みあって　とても順番が待てんかったけん
どうしたらええかと　思うたが
道端にトタンの切れ端が落ちとったんで
それを拾うてきて
四隅をちょっと折り曲げて
オマルを作ってやったんよ
左腕はザクロのままで　力がはいらんかったけん
曲げるのに　えらい苦労してね

足も使うて　体重をかけて　曲げたんよ

だんだんと
下痢は　赤痢や疫痢じゃのうて
人にうつらんいうことが　わかってきた
それで　四人が退院することになった
退院いうても　別に　治ったわけじゃあなかったがね
ただでさえ　食べる物《もん》がない時に
病院は自炊で　ろくに食べとらん上に　下痢ばかりじゃったけん
四人とも　衰弱しきっとった

岡ノ下川に沿うて
母子四人で　フラーリ　フラーリと
楽々園の方へ歩いて帰っていった
途中に　歩いて渡れる中洲があったんで
そこへ行って休んで

退院する時　病院が初めてくれた　小《こ》まい二つのおむすびを
半分に割って　四人で食べた
病人は　下痢のひどかった勝一とあんたの二人だけ
いうことになっとったからね
おむすびは　二つだけじゃった

この頃
お父ちゃんは　死んじゃったんじゃろうと
思うようになっとった
もし　生きとっちゃったら
打越か楽々園に来るはずじゃし
口がきければ　誰かに言伝てをするはずだ
第二部隊の兵隊さんは　六日の朝は
爆心地のすぐ横の西練兵場で
みな　上半身裸になって　外で　演習をしていたと聞いた
あれでは　生きとるはずがない

おむすびを食べながら考えた
家は焼けたし
私は一文無しじゃった
怪我をして　病気の　小《こ》まい三人の子と
私は　今から
一体　どうやって　生きていったらいいのか

川の水をみながら
自殺を考えた

子どもが一人じゃったら
子どもを抱いて　あん時　川に入って
死んどったと思う

二人でも

両手にかかえて　死んどったと思う
それが　三人じゃったけん
この怪我のひどい腕で
八つの勝一まで
三人もかかえることは　できんかったけん
あんたらは　今　こうして生きとるんよ

■原爆から二ヶ月
「わたしの人形」

十月の初めごろじゃったか
避病院から楽々園へ戻ったら
今度は　とうとう
私が「原爆症」でたおれた

原爆で家が焼けた伯母ちゃんたちの家族も
みんな避難してきたんで
全部で十二人の大所帯になった
疎開先のおばあちゃんの　小《こ》まい家の
座敷の隅に　布団を一枚敷いてもろうて
そこに　たおれこんだ

勝一と紘二はどうやら　元気になったが
あんただけは　まだ　ようならんで
また　寝こんでしもうた

あんたも　その同じ布団に寝たんよ
あんたが　一番「原爆症」がひどかったねえ

私しゃ　ばっくりザクロのように割れた左腕は　まだ　プラプラのままで
顔や頭の右半分に刺さったガラスのところは　化膿しだして
髪がぬけて　下痢をして　やせ細って
体を動かすこともできんほどで
横に寝とるあんたを
看病してやることが　できんかった
水一つ飲ましてやることもできんので
かわいそうにのう
思うてね

天井を見て　寝とって
今の私に何ができるじゃろうかと　考えた

そしてね
歌を教えてやることにしたん
「わたしの人形」よ

「わたしの人形は　よい人形
歌を歌えば　ねんねして
一人でおいても　泣きません
わたしの人形は　よい人形」

わたしの人形は　よい人形
わたちの　ニンギョは　よいニンギョ

うーたを　歌えば　ねんねして

ウータを　うたえば　ねんねちて

一人で　お　い　て　も
泣　き　ま　せ　ん

ひとりで　お　い　て　も

言うて

二人で　泣いたんよ

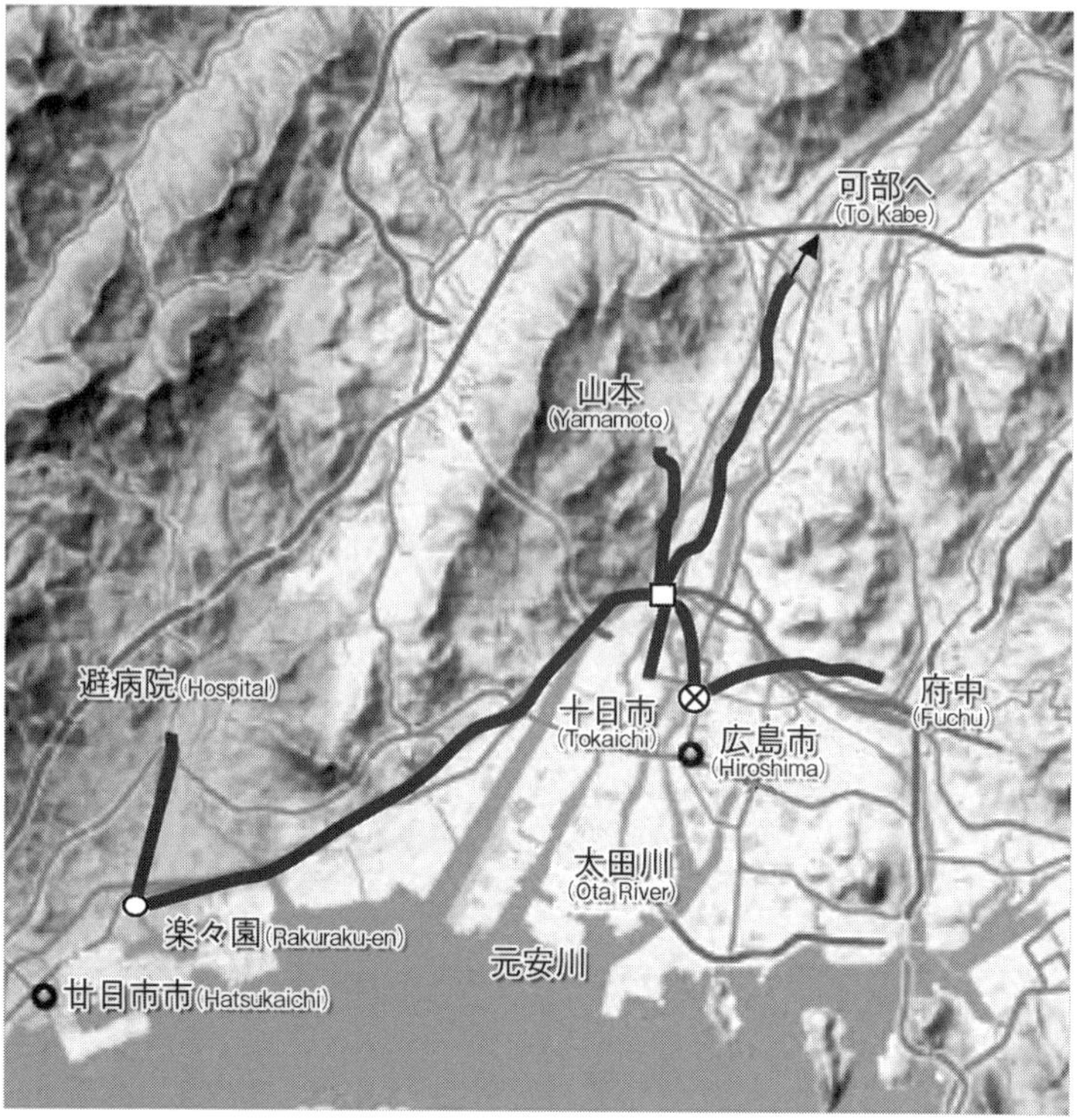

父を探して歩いた道
（⊗は、爆心地。□は、打越の河原）

河原から山本まで……………………「ああ　もう　続けられん」
河原から爆心地経由府中近くまで…「南無阿弥陀仏」
河原から十日市まで…………………「白骨になっていた　彌太郎伯父さん」
河原から可部の方まで………………「人間って　死なんもんじゃね」
河原から楽々園経由避病院まで……「だから　生きている」

二章　ヒロシマからアメリカへ

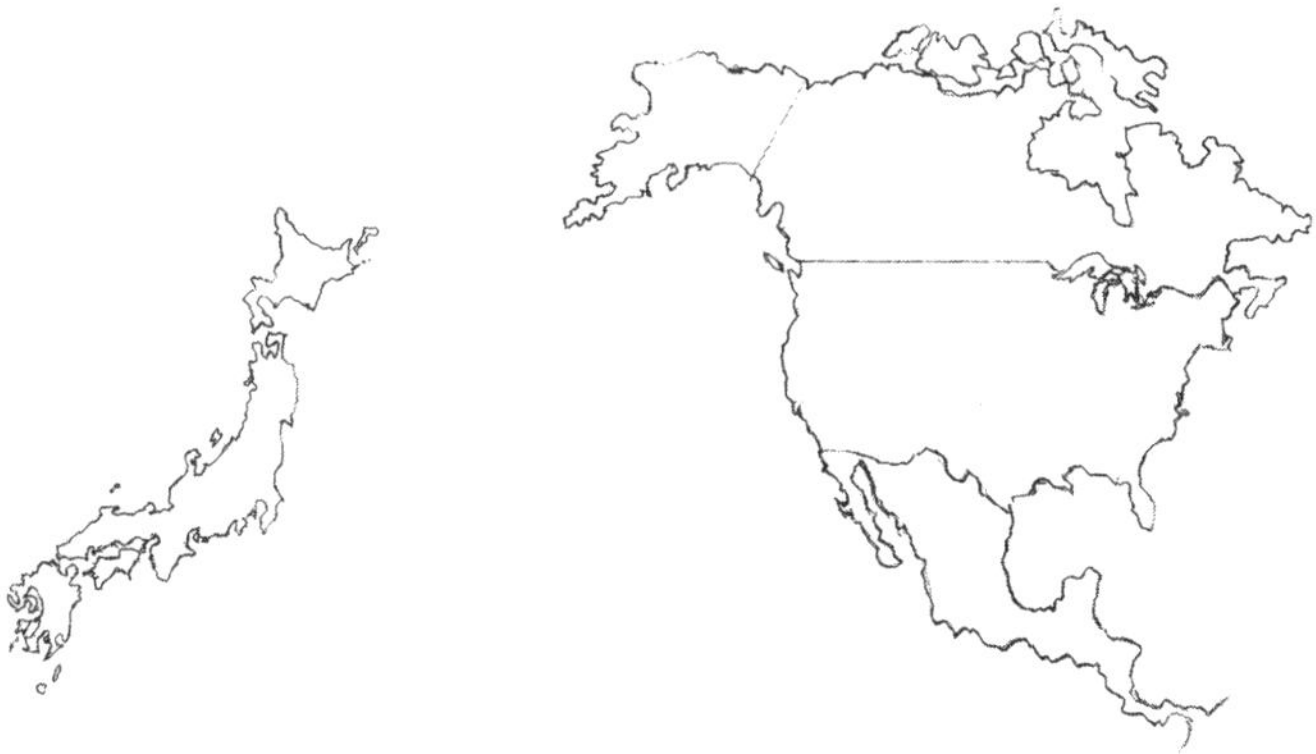

◇そのとき私たちは

広島に投下された原爆で、私の家族はもう少しで一家全滅するところだった。原爆が爆発してから広島の街を壊滅させるのに要した時間は、僅か一〇秒だという。この間に、放射線・熱線・衝撃波が襲ったのだ。爆発時に、たまたまどこに居たかによって、生死が分かれた。

父の古田信一は平和主義者で軍人になる気は全く無かったという。しかし、私が一歳の誕生日を迎えるまでに、二度も赤紙一枚で召集された。この時は、幸い、二度ともすぐに家に帰ることができた。父は近眼の上に乱視もあって、度の強い眼鏡をかけていた。眼鏡がなくなると、目も見えないような者は、よい兵隊にはなれない、という理由からだった。

父は、元どおり野村證券に出勤し、弟の紘二も生まれて、しばらくは、普通の家庭生活ができた。

父に三度目の赤紙が来たのは、私が三歳半くらいの時だった。その頃には、戦況も悪化し、戦死者が激増していた。もう、兵隊は、成人男子なら誰でもいいという時代になっていた。

被害のようす

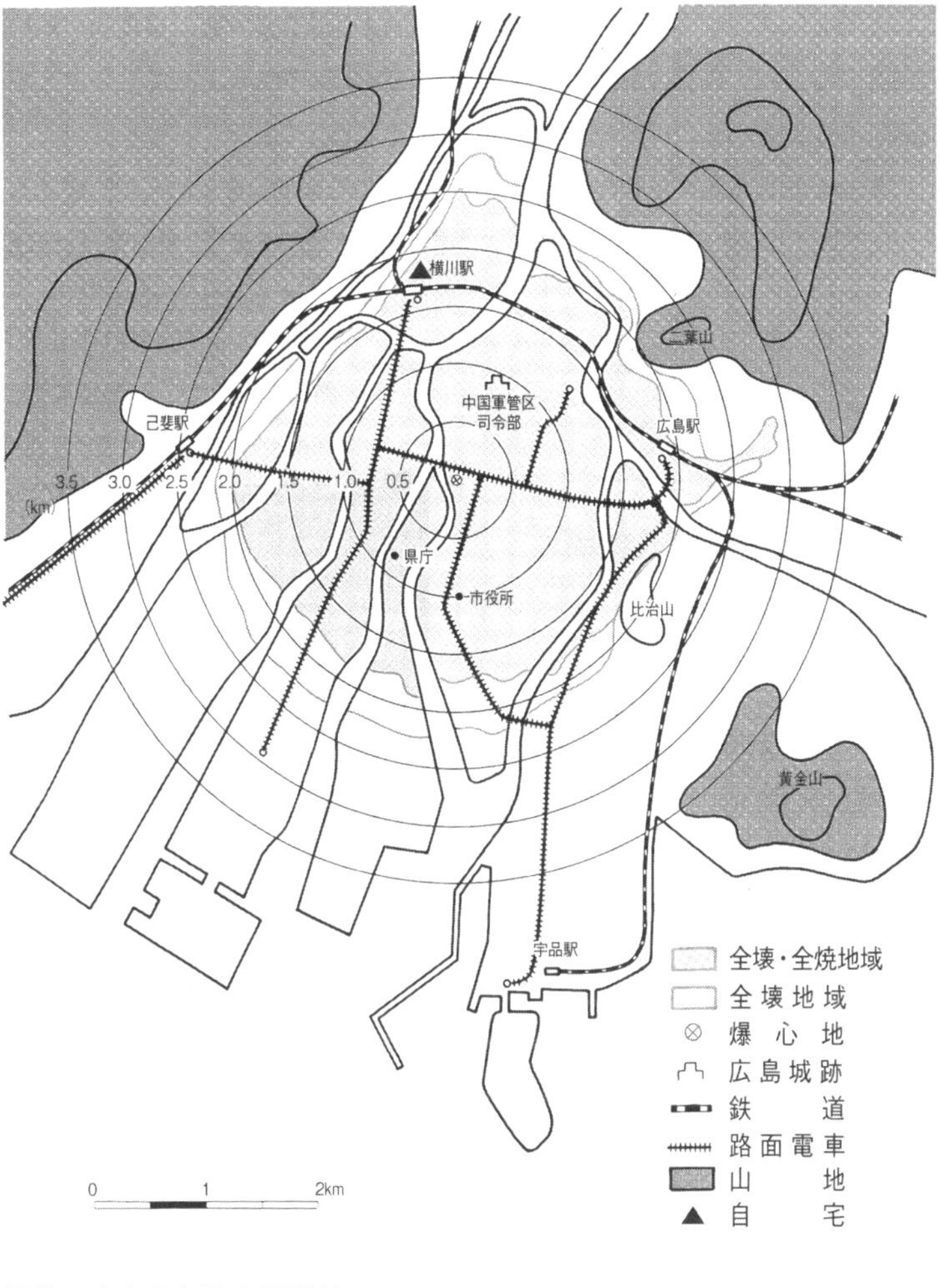

提供：広島平和記念資料館

広島には大きな軍事基地があって、両親の親戚は全員が広島に住んでいた。それで、母と母の実家の者は、あらゆるコネを使って、父が広島の部隊に駐屯できるようにした。「外地にやられると、戦死するから」と言って。
皮肉にも、父は爆心地のすぐそばの、広島の部隊に居たために、原爆で戦死した。

母と私たち兄弟三人は、西宮市にいたが、原爆の三ヶ月くらい前に、わざわざ、両親の郷里の広島へ帰ってきた。

八月六日の朝、母雅子は、原爆が投下される直前まで、畑になっていた裏庭に出ていた。カボチャに雌花が咲いているのを見つけて大喜び。当時は、食糧難で、お米はめったに食べることができなかったので、カボチャはおいしい代用食だったのだ。その日は、とても天気の良い日だった。やりかけの洗濯を早く済ませようと、台所に戻り、土間に置いた盥の前に、しゃがみ込んだ。原爆が投下されたのは、丁度その時だった。
もしも、まだ裏庭に立っていたら、向かいの廣一伯父のように真っ赤に火傷して死んだか、庭にいた時に見た、日傘をさして歩いていた女の人のように、爆風に吹き飛ばされ、熱線で全身が焼けただれて死んでいたに違いない。

弟の紘二と私は、隣の従兄と一緒に、道でままごとをして遊んでいた。スプーンか何かをとりに私が家の台所に駆け戻ったら、弟も私についてきた。その時、原爆投下。道で待っていた従兄は、あとで白骨死体で見つかった。

兄の勝一は済美小学校の二年生だった。八月六日（月曜日）は学校に行く最後の日で、次の日から夏休みになるはずだった。朝、家を出たらまもなく警戒警報（午前七時九分）が鳴った。それで家に戻ると、すぐに警戒警報が解除（午前七時三一分）された。

兄は、たった今、家に帰ってきたばかりなのに、また暑い中を出かけるのが嫌で、座敷に寝転がって「のらくろ」の漫画の本を読んでいた時だった。実はこの警戒警報は、アメリカの気象偵察機が飛んできたために発令されたものだった。広島上空が快晴であることを確認してすぐに飛び去ったので、警報は解除され、市民は安心して、それぞれの朝の仕事に戻っていた。兄は済美小学校の数少ない生き残りの一人である。

母、兄、弟と私は、原爆爆発時にたまたま家の中に居たので火傷をしないですんだが、爆風で崩壊した家の下敷きになり、全員が負傷した。

この原爆によって、広島市内に住んでいた親類の家のほとんどが全壊したり焼失したりした。

そのため、被爆後の私たちには、すぐに頼るべきところも住むところもなかった。怪我をしたまま、近くの河原で二週間くらいを過ごした。爆発後に降った「黒い雨」に濡れ、黒い雨の浸み込んだ河原で、毎晩覆いも無く寝るしかなかった。しかも、日中は父を探して爆心地を歩き続けたのだから、さらに大量の放射能にさらされることになった。まもなく怪我の傷の上に、さらなる放射能障害が加わった。

いわゆる「原爆症」で、数ヶ月間寝込んだのだ。私たちが罹った「原爆症」の症状は、何週間も続く激しい下痢と寝ていても体も動かせないくらいの倦怠感を伴うものだった。そして、白血球が減少していたためか、傷は何日たっても治らなかった。

子どもたちに続いて今度は母も「原爆症」で倒れた。母は、これらの症状に加えて、発熱があり、髪がぬけていった。

当時は、このひどい下痢は赤痢や疫痢の伝染病ではないかと疑われた。私たちは、やっと母の親族のもとに辿りついたものの、すぐに五日市の奥の避病院に送られた。間もなく、これは伝染病ではなく誰にもうつらないことが分かると、今度はすぐに退院させられた。

黒い雨が降った地域

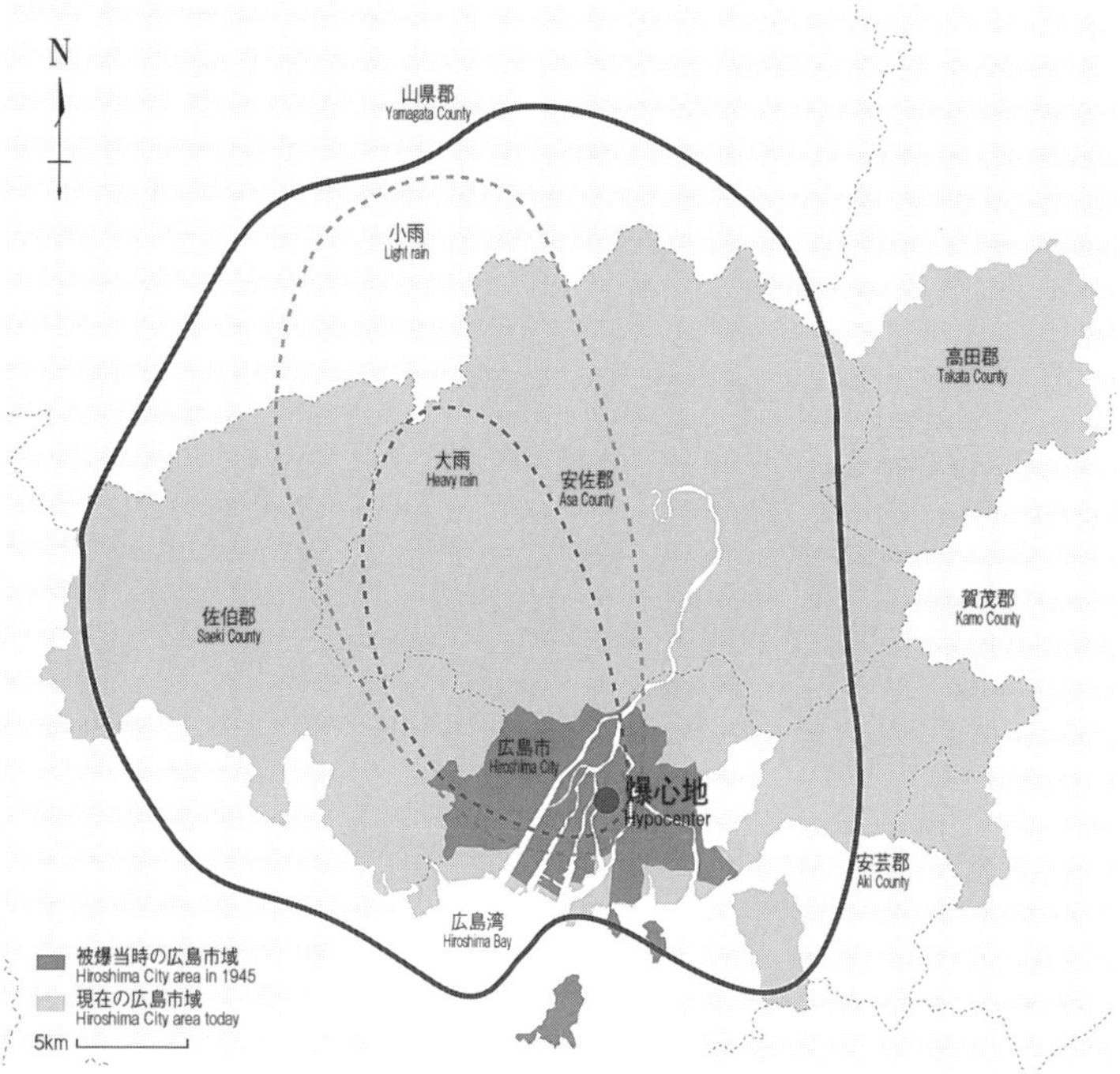

2008年度（平成20年度）の「原爆体験者等健康意識調査」の解析による降雨地域
Black rain area according to an analysis of the "A-bomb survivors' health awareness survey" in fiscal 2008
1953年（昭和28年）公表の小雨地域
Light rain area reported in 1953
1953年（昭和28年）公表の大雨地域
Heavy rain area reported in 1953

雨域は、発表された図面などを地図上におおまかに再現したものです。
地域を特定するものではありません。
These areas are rough representations of previously described and reported black rain areas.These areas are not necessarily definitive.

提供：広島平和記念資料館

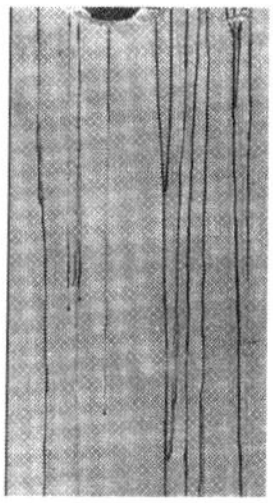

黒い雨の痕が残る白壁

"黒い雨"は粘り気があり雨を浴びた人の衣服などには黒い斑点模様が残った。

爆心地から約3.7キロメートル離れたところにあった住宅の白壁にも黒い雨の痕がくっきりと残った。

寄贈：八島秋次郎氏
所蔵：広島平和記念資料館

私たちは、祖父が広島市郊外の五日市町楽々園（現在は佐伯区楽々園）に持っていた貸家の一軒に移った。母は、まだ本調子とは言えなかったが、その年の一二月頃からは、どうやら全員が、家の下敷きになって負った頭などの怪我からも快復して、普通の生活ができるようになった。こうして、五日市町楽々園での被爆後の生活が始まった。

母の左腕は、肘下が一〇センチくらいも裂けていた。医者からは、すぐに肘から下を切断しなければ、肩から切断することになるといわれた。幼子をかかえ、入院などかなわなかった母は、気力と自分で赤チンを塗るだけで治した。

しかし、手術をしてきれいに治したものではなかったので、大きな三日月形の引き攣れのある傷跡が残った。母はまた、台所の窓ガラスが爆風で割れて、鋭くとがったガラスの破片が、矢のようになって飛んで来たのを顔にあびたので、右の眉は切れ、右の頬には十数箇所の傷をし、右の上唇も切れて、少し口元がゆがんでいた。しかし五〇年以上も経った頃には、傷跡はほとんど目立たなくなっていた。

兄の右目は、被爆時は血だらけで、片目になったかと心配したが、幸い眼球は無傷で、目元の上下を怪我しただけだった。しかし、これも整形手術をしてきれいに治したものではなかったので、眉からはじまり、鼻筋に沿って頬に至る縦の傷跡があり、しばらくの間は、上下まぶたの傷の引き攣れのため、右目は完全には閉じず、十数年後でも、熟睡時には右目がかすかに開いたりした。兄はまた額の真ん中にも傷跡がある。

弟と私は頭に傷跡があるが、幸いにして頭髪に隠れて見えない。母も兄も頭にも傷跡があるが、これも髪のおかげで見えない。

もっとも、原爆の傷跡や後遺症に苦しんでいたのは、私たちだけではなかった。中学校は女子校だったが、クラスメートに顔の右半分はとてもきれいなのに、左半分がひどいケロイドでひきつれて、別人の顔になっている人が居た。この人は、被爆時に中学生くらいだったら、いわいる原爆乙女になって、アメリカで治療を受けられたかもしれないが、被爆時に五歳と、幼かったので、治療の対象にならなかったのだろう。

私の高校は、広島市内にあった。電車で通学したので、毎日電車で原爆ドーム前を通った。通学する電車の中では、吊革を持つ人の腕を見ると、一〇センチほどもの大きな傷跡があったり、毎朝よく同じ電車に乗りあわせる男の人は、ケロイドのために頭左半分の髪がなく、耳たぶは火傷でとけてなくなり、ピカピカ光るケロイドの中に、耳の穴がぽっかりあいているだけだった。このように、原爆の傷を持った人を毎日見ていたので、私は、広島にいる人は、みんな被爆者だと思っていたくらいだった。

小学、中学、高校と、私は原爆と被爆者に囲まれて育ち、自分が被爆者であることを隠そうなどと思ったことは、一度もなかった。

◇母は強し

原爆の翌年、一月八日、母は、毛筆書きの「戦歿者ニ関スル件通牒」（九五頁参照）を受け取った。これには、父の「死亡告知書」も同封されていた。

母は父の「遺骨」なるものをとりに行った。戦後の物資不足のため、「遺骨」は、粗末な紙箱に入っていた。

母はその「遺骨」が入った紙箱を床の間において、号泣した。

五歳の私は『ああ、お母さんが泣いている』と思った。

中国一〇四戰　二二三号
戰歿者ニ関スル件通牒
中国第一〇四部隊
古田雅子殿
信一殿八月六日廣島市空襲の際原子爆彈に依り部隊内に於て仝月八時三十分戰死遊ばされ候条謹みて哀悼の意を表しお知らせ致します
死亡証書ハ同封仕り当隊より死亡賜金交付致し度く御来隊願上度追て御遺骨ハ安佐郡可部町廣島联隊司令部内に安置したります故何時にても交付仕り度（但し日曜日は除ク）御受領下され度右通牒ス
廣島市旭町（被服支廠内）
中国第一〇四部隊
遺族連絡係宛
遺骨交付所
联隊区司令部（元縣立女學校内）

ただ一度母哭《な》くを見き　原爆死の父のものとう遺骨受けし日

紙箱の中の一本の「遺骨」は、コトリと音がした。もちろん、これは父のものであるはずがない。

「遺骨」は、それこそ軍馬の骨もまざった山の中から、一本拾っては、紙箱に入れていったものだったから。

母は、原爆のため突然未亡人になった。八歳、五歳、三歳の三人の子どもを、これからは自分一人で育てていかなければならない事態に直面したのだ。

母は女学校を出ただけの普通の家庭の主婦で、何の免状も持たず、「職業婦人」になることなど、夢にも思ったことがない人だった。でも、途方にくれている暇はなかった。

母は、子ども服を作るのが上手かった。こうなれば、その腕を生かすしかない。まず洋裁学校に二年通い、そこの先生になった。これで僅かな収入は得られるようになった。

ところが、この洋裁学校には健康保険がなかった。

被爆後、病気がちの三人の子どもを抱え、健康保険がなくては、暮らしていけない。しかし、当時、子連れで三〇歳を過ぎた女を雇ってくれるような所はなかった。

母は意を決して父の元の職場だった野村證券に無理やり頼み込んだ。身分は嘱託ながら、そこで働かせてもらえることになった。こうして、母は思いもよらなかった「職業婦人」となった。

戦後の高インフレに対処するために、母は、昼は野村證券で働き、夜は洋裁学校の夜間部で教えた。さらに洋裁の出張教授もした。

その内の一つが、島病院だった。原子爆弾は、この病院の上空六〇〇メートル地点で爆発した。島病院が爆心地だと言われるゆえんだ。その病院の看護婦さんたちに、しばらくの間、母は洋裁を教えた。しかも、週末は週末で、休むことはなかった。家で仕立物をしたのだ。母は、寝る間も惜しんで働き、家計を支えた。

私は原爆の翌年の四月、五日市小学校に入学した。この学校は、階段を三〇段くらい上がった小高いところに校門があった。

私たちの住む楽々園の家から、隣町にあるこの小学校まで、四〇分以上歩かなければならなかった。頭の怪我と原爆症と栄養失調で弱りきっていた私にとって、この通学路は辛いものだった。しばらくの間、学校についても、すぐにこの階段を登りきることができず、なかなか校門にたどり着けなかった。

この五日市小学校の学校区には、広島戦災孤児育成所があった。原爆で両親を亡くし、孤児となった子どもたちが、各クラスに二・三人はいた。孤児たちは、創設者の山下義信氏を「お父さん」、保母さんを「お母さん」と呼んでいると聞いた。

父はいないけれども、母のいる私は何と幸せなのだろうと思ったものだ。

母が勤めだした証券会社は、大相場がたった日などは、特に帰りが遅くなった。それでなくても帰ってくるのは夜の七時、八時。空腹をかかえた私たちは、母の帰りを待ちきれなかった。

私は、小学二年生くらいから、夕飯を作る主婦になった。当時はまずマッチを擂って火を起こすことから始めなければならなかった。お茶を沸かし、目玉焼きを作り、キャベツの千切りを添えるだけの夕飯を作るのに、一時間くらいもかかった。

被爆後に小二で我は主婦になり　作りし夕餉は毎日目玉焼き

それでも、必死に働く母の手助けをしたかった。母の頑張りに応えたいという私たち兄弟の思いは切実だった。

母は、身をもって、人生には何が起こるか分からないことを体験した。そしてそれに対処するには、教育が大切であることを痛感した。母は、夜・昼・週末も休みなくひたすら働いた。そして、男の子二人ばかりか、あの時代には、大学へやることはないといわれていた女の私まで、子ども三人、全員に大学教育を受けさせてくれた。

その後の私たち兄弟の軌跡を思うにつけ、困難な中で学問・学歴を身につけさせてくれた母には、いくら感謝しても足りない。

◇アメリカへ

私は、津田塾大学に進学。卒業後、しばらく会社に勤めた。

私の婚約者は、カリフォルニア工科大学の大学院に留学中だった。周囲のすすめもあり、卒業するまでアメリカで少し一緒に暮らせるようにとの配慮で渡米した。結婚したのは、一九六八年のことだった。

当初は、夫の学位が取れたら日本に帰るものと思っていた。私には、アメリカにお嫁に行くという決意もなく、母も一～二年したら帰ってくるものと思っていたから、娘をアメリカへ嫁がせるという悲壮感も持ってはいなかった。

結婚して一年足らずで、夫は博士号を取得。すぐに、日本で就職口を探した。ところが、当時は、外資系の会社でさえも
「アメリカで博士号を取った方の前例がない。一応来年あたり係長ということで……」

などと言って、日本の会社は良い返事をくれなかった。それで、夫は、ひとまずカリフォルニア工科大学の研究所であるＪＰＬ（ジェット推進研究所）で働くようになった。

そうこうしているうちに子どもが生まれ、学校に行くようになった。臨時のつもりが、いつの間にかアメリカの永住権をとるまでになった。

私も、子どもが小学校に入学する頃からは、何か仕事をしたいと思うようになった。

しかし、私の英語力では、到底アメリカでやっていくことはできない。私の特殊能力は何だろうかと考えた時に、答えはもちろん日本語の能力だった。私は、日本で英語の教員免状をもっていた。

学校で教えたいと思い、カリフォルニア州立大学に行って、大学五年生といわれる教職課程を修めて、まずは、小学校のＥＳＬ（English as a Second Language）の先生になった。

一九八〇年代は日本の企業がアメリカに進出して、その子弟は英語がわからないままアメリカの学校に入学してきたので、日本語のわかる先生の需要があったのだ。しかし、ＥＳＬは英語を教えるのであって、日本語を教えるクラスではない。

私は、英語を使って日本語を教える先生になりたいと思うようになった。アメリカの高校で日本語を教えている学校は少なかったので、大学で日本語を教えたかった。そのためには学士以上の学位が必要である。そのために再び大学に入りなおして、一九八八年に修士号を得た。

そして、カリフォルニアの自宅近くの州立大学や市立の短大などで日本語を教えた。

その頃には二人の息子も大学生になり、私たちも生活基盤が全部アメリカになっていた。もはや、日本には家も職もなく、健康保険や年金の積み立てもない。ついに、アメリカに帰化することにした。

とはいえ、原爆を落としたその国に帰化するというのは苦渋の決断だった。本当は二重国籍にしたかったが、日本は二重国籍を認めていないので、しかたがなかった。

私たちは帰化したが、自分がアメリカ人だとはどうしても思えない。また、ほんとうのアメリカ人になれるとも思っていない。教育も日本で受け、成人するまで日本で育ったのだから、心は日本人で、日本人のアイデンティティを失うことはない。

両国が祖国となりしか我は言う　日本に帰る　アメリカに帰る

三章　ヒロシマ、ナガサキ、そしてフクシマ

――俳句・短歌・詩で綴る自分史――

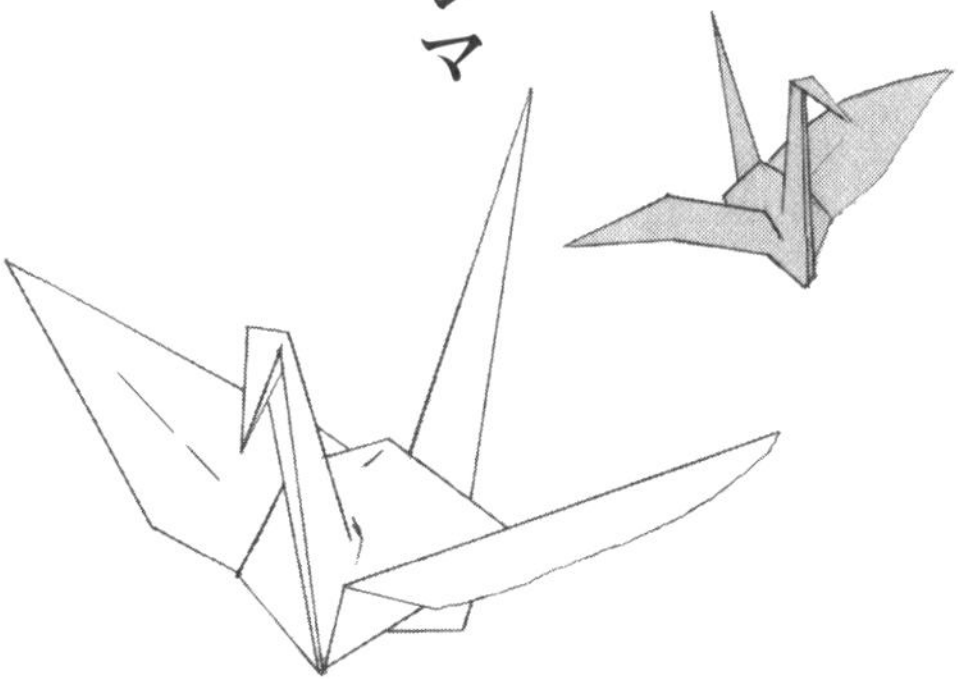

■渡米・結婚・帰化

渡米・結婚

アメリカへ明日は嫁ぎに発つ我と並びて臥せる母しのび泣く

アメリカへ嫁しゆく我の見送りの歓声の中に母耐えて立つ

機窓より眼下に見ゆるロスの街　一面の灯　赤　青　黄　緑

作りたるウェディングドレス日本では着て見せるなと母は制しき

親族は一人もおらず婚礼の客は世界の夫《つま》の友のみ

ヨセミテのブライダルベールの滝に立つ写真の我は新妻なりき

日本語を習えば子らはあらそいて国際電話に母を呼び出す

いまだ見ぬ孫の習いし日本語の国際電話に母泣き出しぬ

米国に帰化

柿落葉　風　の　軌　跡　を　描　き　て　舞　う

鳥　帰　る　帰化決めかねて二十年

二十余年悩みて決めしことなれど　ついに帰化する朝よ晴れるな
（埼玉文化祭「さいたま89」入選歌）

帰化し日に空に仰ぎし星条旗　国旗の想ひいまだ起こらず

帰化し日の秋晴れかなし日章旗

原爆を落とせし国で

その国も雲一つなし原爆忌

真珠湾の空にはためく星条旗　ついに帰化せし我は被爆者

真珠湾の報復という原爆を落とせし国に帰化せり我は　（朝日歌壇入選歌）

今年また被爆者我にパールハーバー

終戦の日のなき国に帰化しけり

秋の湖《うみ》われなほ異人帰化すれど　（朝日俳壇入選句）

母逝きて育ちし家も壊されて日本は「帰る」から「行く」国になる
（朝日歌壇入選歌）

敬老日なぞ無き国に帰化し老ゆ　（ＮＨＫ俳句入選句）

われ被爆と誇りて告げるパラドックス

二十世紀最大惨事の被爆われ　逆説なれどなぜか誇らし

原爆死　轢死　溺死をまぬがれて　二人子育てし生に悔いなし

父を恋う

三十五の父は若きまま原爆忌

父は死に我は生きたり原爆忌　（朝日俳壇入選句）

爆死の父初めて夢にと母言えり　父を覚えぬ我は嫉妬す

■私の証言

戦　争

兵隊は
一銭五厘で
馬より安い

そういわれて
二百万人以上もの人が戦死した

父も伯父たちも
その中の一人だった

湯むき

トマトを湯むきにするのは
やめてください
トマトを熱湯に入れて
表の薄い皮を
ズルッと
はがさないでください

原爆の日
数千度の熱線で
真っ赤に灼《や》かれた体から
はがれた皮膚が
ズタズタのボロ布《ぎれ》のようになって
垂れ下がり

幽霊のように前にさげた手の先からは
ずり落ちた皮膚が
薄皮の手袋のようになって
ぶら下がっていたのを
私は見たのです

あの日のように暑い夏の日に
真っ赤なトマトを湯むきにするのは
やめてください

わが家の原爆忌

八月六日
床の間に父の遺影を置き
母を前にして
私達兄弟三人が座る

午前八時十五分
ラジオからながれる
鐘の音を合図に
全員で一分間の黙祷を捧げる

そのあと
母は　もう一分、二分、三分
重い重い沈黙を続けて

身じろぎ一つしない

やがて
母は鼻を一つすすって
私達兄弟三人の方にふりむく
その眼は涙でうるんでいる

そして
何も言わずに
母は立ち上がり
私達はいつもと同じ朝の生活を続ける

私は信ずる

私はキリスト教徒でも
仏教徒でもない
しかし
人間の力の及びもつかないような
大きな力が存在することを
私は信ずる

原爆の日の前夜
父は駐屯している広島の部隊から
外出許可をもらって
仮住まいの我が家に来た
「よう寝とるのう」
と言って

幼い私たち三人の子どもの寝顔を
のぞきこんだという

後でわかったことだが
その同じ夜に
父は　もう　二十年位も会ったこともなかった
一時　養子にいっていた遠縁の親戚の家も
訪ねたという

本家の長兄夫妻の家も
隣に住んでいた次兄の家までも

一晩のうちに
よくもこれだけたくさんの所へ
行けたものだ

父はきっと
みんなに　お別れを言いに来たのだろう
人間を支配する大きな力があることを
神が存在することを
私は信ずる

なぜだろう

人間六十をすぎれば
体のあちこちが悪くなるのは
あたりまえ
何もかも原爆のせいにするのは
もうやめようよ

わたしは広島原爆の特別被爆者
頭に大怪我をし
「原爆症」にもなって
何ヶ月も寝たきりだった

その後も
冬は風邪　夏はお腹をこわした

すぐに化膿して
化膿は一年近くも治らなかった

そんな私が
被爆後二十年を過ぎたころから
がぜん健康になって
病気一つしなくなった

そして古希を迎えた

このあいだ
ちょっと体の具合が悪くて
診《み》てもらった
医者は
「原爆など関係ありません！」
と　言った

猛烈に腹がたった
なぜだろう

ノーモア　放射線

「ちょっと　レントゲンをとりましょう」
「もう　これ以上　放射線を浴びたくないんです
なにしろ　子どもの時に　大量に浴びましたから」

白人の医者は　けげんな顔をして　私にきく
「Why?」
「私は　広島原爆の被爆者なんです
爆心地から　たった一マイルぐらいの所で　被爆しました」

医者は　一瞬　唖然とする
そして　すこし目をおとして言う
「I see」

何と言おうか
しばらく言葉をさがしている様子
しばしの間の沈黙
しかし　何と言っていいか　わからないらしい

やがて
医者はきっと顔を上げ　元の自分にもどって　言う
「検査に使う放射線なんて　ごくごく微量
空気中にだって　ありますよ」

「でも」と私
「もう　これ以上放射線を浴びたくないんです
原爆の後　ひどい原爆症になって　何ヶ月も寝込んだんです
そして私の体の中には　今も放射能が溜まっているんです」

放射線の影響を

そんなに軽々しく言わないでください
ノーモア　放射線
No more radiation , please

核の抑止力

原爆は
四〇〇〇度もの高温で
人を黒焦げにして殺した

原爆は
秒速四〇〇メートルもの爆風で
人間を吹き飛ばして殺した

原爆は
放射能で今もなお
被爆者を苦しめ続けている

核兵器を「人間の上」に使ってはならない

核の保有が
核の抑止力なんかに
なるものか

原爆の生き地獄と
今も続く被爆者の苦しみを
世界の人々が　知ることこそが
核の抑止力になるのだ

過ちを繰り返すな

今頃の核兵器は　原爆の数千倍の威力があるという
そんな核兵器が　三度目に使われたら
数百万人の人が即死する
そして　その数百万倍の人が
火傷や怪我や放射能障害で
何年にも亘って
次々と死んでいく

その上
広い地域が放射線で汚染される

いや
汚染はそのまわりだけではない

放射線は世界中に撒き散らされて
地球全部が汚染される

それなのに
核大国は今も二万発近くの核兵器を所有していて
自衛のためと称して
「人間の上」に　また　核兵器を使用することを考えている

原爆が
ヒロシマ　ナガサキを
どんな生き地獄に　おとしいれたかが
まだ　わからないのか

核兵器を使用すると
もう　地球は滅亡することが
まだ　わからないのか

過ちを繰り返してはならない

おめでたい話

私が広島で原爆にあったのは　たった五歳の時だった
それから大きくなったのだから　体への害は少ないのかと思ったら
小さい時の被爆ほど　体に悪いのだそうだ

被爆後　「原爆症」になって　ひどい下痢をしたから
あの時　放射能を全部体外に出してしまったのかと思ったら
放射能は骨髄に取り付いて
私の寿命よりも永い間　放射線をだし続けて
内臓を壊していくのだという

父は赤紙一枚で召集されて　広島の部隊に居た
ほとんど爆心地にある部隊だったから
原爆で即死してしまった（らしい）

父の記憶はなかったので
死んでも　ちっとも悲しくなかったけれど
考えてみたら
父を全く知らないなんて
こんなに不幸なことはないなあ

神戸空襲がひどくて
これでは　母子だけで残っている西宮市も危ないからと
苦労して　戦時中の汽車に乗って　両親の故郷の広島へ帰ってきた
広島の部隊に父が居るというのも　勿論大きな理由の一つだった
それは八月六日のほんの二ヶ月ばかり前のこと
これではまるで　原爆にあうために
わざわざ　広島に帰ってきたようなものだった

私は隣の従兄と　道でままごとをして遊んでいたという
スプーンか何かを忘れていて　家にかけ戻った

その時

原爆

従兄は道で死んでいた
私はあの時　五歳で一生を終わっていたかもしれない

あれから七十年以上も生きのびて
めでたく　もう古希も過ぎた

近頃　時々　こんなことを考える

放射線は細胞に突然変異を起こさせるという
ひょっとして　私の細胞は放射線の好影響を受けて
老化せず

私は世界一の長寿者になるのではないか　と

■ヒロシマ　ナガサキ　フクシマ

ヒロシマ　ナガサキ

わが父は一銭五厘でかり出され　ビリオンダラーの原爆で死す
（朝日歌壇入選歌）

赤紙で召されし父は原爆で真黒に焼かれて死に給うなり（ＮＨＫ短歌入選歌）

爆心地で死にたる父はアメリカに帰化せし我をゆるし給うや
（朝日歌壇入選歌）

「正しかった」と言う人今も過半数　このアメリカに原爆忌くる
（朝日歌壇入選歌）

数万が見上げて死にし原爆を　上から見た人バン・カーク氏逝く
（朝日歌壇入選歌）
（バン・カーク氏は広島原爆搭下機の最後の搭乗者。
二〇一四年七月二八日死去）

フクシマ

被爆者に被曝者加わり原爆忌　（朝日俳壇入選句）

放射能の恐怖が皆のものとなり　解ってもらえた被爆者我らの
（朝日歌壇入選歌）

あれしきの被曝で何を騒ぐかと　言ってはならぬ我は被爆者
（二〇一三年朝日歌壇賞受賞歌）

放射能の種類違えばフクシマの手本になれぬ　被爆者我らは

フクシマと原爆被爆は違えども　不安抱えて生きるは同じ

体内に残留放射能持つ不安　おしこめて生きしこの七十年

（朝日歌壇入選歌）

四章　いまこそ核兵器の廃絶を！

一九四五年八月六日、午前八時一五分。原子爆弾が初めて「人間の上」に投下された。

原爆は広島市の中心部にあった島病院の上空約六〇〇メートルで、目もくらむ強烈な閃光を放って炸裂した。一秒後には直径二八〇メートルの大火球を作り、その火球の中心温度は実にセ氏一〇〇万度を越え、爆心地周辺の地表面でも、その温度は三〇〇〇から四〇〇〇度にも達した。その超高温の熱線により、爆心地付近で戸外にいた人間は瞬時に黒焦げの塊になり、爆心地から二キロメートル離れた所でも衣服が着火した。また爆発点では、火球によって、数十万気圧という超高圧状態が生じ、周りの空気が急激に膨張して、強い衝撃波が発生した。この衝撃波は、爆発の約一〇秒後には約三・七キロメートル先まで達するものだった。この爆風により、人々は吹き飛ばされて、失神し、地面に叩きつけられて負傷した。また、爆心地から半径約二キロメートル以内の木造の建物は、爆風で跡形もなく崩壊したので、建物の下敷きになって圧死したり、瓦礫の中に閉じ込められて逃げることができなかった人は、広島市内の各所で同時に発生した熱線によって起こった火災で、生きながら焼かれて死亡した。その上、原爆は従来の爆弾にはなかった放射線というものを放出した。この目に見えない放射線の強い照射を受けた人は、一見無傷にみえたが、被爆後次々と死んでいった。

そして、三日後の八月九日、今度は長崎に二発目の原爆が投下された。一二月末までの広島原爆の死者は約一四万人、長崎原爆の死者は約七万人という。

熱線で人間が黒焦げの塊になり、爆風で人間の体が飛び散り、放射線で被爆者を一生苦しめる、この残虐で非人道的な核兵器をこの世の中から廃絶しよう。

アメリカは何故原爆を日本に落としたか。

当時アメリカの陸軍長官だったヘンリー・スティムソンは、日本に上陸して、従来の兵器でそのまま戦争を続行した場合、アメリカ軍の死傷者は一〇〇万人以上、日本の死傷者はもちろんそれ以上の数になると予測したという。一刻も早く日本を降伏させて、勝利国になるために、原爆は最も効率のよい兵器であった。たった一発の広島原爆の破壊力は、搭載限度（五トン）までのＴＮＴ火薬を積んだ「Ｂ29」三二〇〇機が、爆弾を一斉投下したものに匹敵したという。

日本が宣戦布告前に真珠湾を攻撃したので、その報復だともいう。実際、真珠湾を攻撃されたことにより、アメリカは即時に挙国一致して参戦にふみきり、日本への戦闘意欲を倍加させた。

US B-29爆撃機「エノラ・ゲイ」の航路（1945年8月6日）

原子爆弾を搭載したB-29爆撃機「エノラ・ゲイ」号は、日本時間8月6日午前1時45分に、グアム島付近のテニアン島を出発し、午前8時15分に広島市上空で原爆を投下した。

提供：広島平和記念資料館

エノラ・ゲイ
スミソニアン航空宇宙博物館・別館（バージニア州）に展示してある。

焦土の広島　撮影：中田左都男／提供：広島平和記念資料館

撮影：米軍／提供：広島平和記念資料館
11月に撮影。被爆後3ヶ月もたっても、まだ廃墟のままの原爆ドーム周辺

第二次大戦中、連合軍の間では、ドイツが降伏して三ヶ月後に、ロシアが日本に宣戦を布告するという、ヤルタ会談での合意事項があった。ロシアが宣戦布告をして、日本がロシアに降伏する前に、アメリカは戦争を終結させて、戦後の世界で優位にたちたかった。アメリカの戦後の野望のためだった。

当時、核兵器の威力は広く科学者の間に知られていたが、実際の製造までにこぎつけたのはアメリカだけだった。その威力を、実戦で試してみたかったのだ。世界で原爆をもっていることのアメリカの優位性を世界に知らしめ、その破壊力を世界に見せつける目的もあった。

人体に及ぼす被害にも関心を持っていた。投下前の一九四五年七月一六日、ニューメキシコ州のアラモゴードでおこなわれた実験から、原爆の破壊力の規模や範囲が巨大なものであることは分かっていたが、人体への被害の実験結果はなかったからだ。アメリカは大戦終了後、世界の多くの国で、核兵器が安価に大量に製造されるようになる社会をすでに予測していた。核兵器の攻撃を受けた場合に、被爆者をどのようにして治療したらよいのか。それを知るために、アメリカは戦後いちはやくＡＢＣＣ（米国原爆傷害調査委員会）を設置して、原爆が人体に及ぼした影響を調査した。ＡＢＣＣは被爆者の徹底的な身体検査をおこない、その調査結果をアメリカの原子力委員会やアメリカ軍関係者に部外秘情報として報告した。しかし、原爆が人体に及ぼす影響の調査が目的であった為、日本の被爆者の治療はおこなわなかった。

日本で本土決戦になった場合の日米死傷者数百万人という数字は、スティムソン長官が引用した、誇大された人数だという説がある。広島・長崎での原爆死者総数二一万人には負傷者の数が含まれていないが、戦争を続行した場合の死傷者の数が、たとえ予測の半分であったとしても、日米両国での数百万人の死傷者に比べれば、広島・長崎の死者二一万人ですんでよかったというのであろうか。また、原爆投下は卑怯な真珠湾攻撃の因果応報だったとでもいうのであろうか。

しかし、原爆投下は、このような数字の比較や因果応報で正当化されるような、単なる戦闘行為ではなかった。人間を黒焦げにし、吹き飛ばし、原爆症という未知の放射線障害で、被爆者を死ぬまで苦しめ続けるこの原爆を、その絶大な破壊力を知りながら、「人間の上」に投下した、人道上の罪悪にある。

原爆投下は国際法違反との抗議は被爆直後からおこなわれた。長崎原爆投下の翌日、八月一〇日に、日本政府はスイス駐在公使を通じて、アメリカ政府に抗議文を送った。その中で、原爆は毒ガスその他の兵器をはるかに凌駕する残虐兵器で、非戦闘員も含めて無差別殺戮をした、国際法および人道の根本原則を無視した兵器であったとして、抗議した。この時引用された法規範は、主に一九〇七年のハーグ「陸戦の法規慣例に関する条約」で、不必要な苦痛を与える兵器の禁止（第23条）、無防備都市に対する無差別広域爆撃の禁止（第25条）、軍事目標主義（第27条）に違反したなど、であった。

被爆後一〇年たった一九五五年に、日本国内で、原爆の違法性についての裁判が始まった。いわゆる「原爆裁判」、国際的には「シモダ　ケース」として知られる裁判である。この裁判をめぐって、日本国内の著名な国際法学者たちの鑑定意見が求められた。（被告である日本政府側鑑定人は東京大学教授　高野雄一、京都大学教授　田畑茂二郎、原告側鑑定人は法政大学教授　安井郁）。その結果、被告側は「原子兵器の使用が国際法上違法だとは、にわかに断定できない」としたが、原告側被告側とも、原爆投下が、方法として国際法に抵触したという点では一致した。原爆それ自体の兵器としての違法性については、結論を先送りしたわけだが、原爆を投下して空中で炸裂させたことは、非戦闘員である一般国民への無差別爆撃にあたるとして、国際法違反としたわけである。

一九四五年に国連の機関の一つとして、「国家の戦争犯罪、人道に反する罪をさばく」国際司法裁判所の法律が作成され、一九四六年に、正式に発足した。この国際司法裁判所の本部はオランダのハーグにおかれた。一九〇〇年代には、数度にわたるハーグ条約やジュネーヴ条約などによって、戦争犯罪、人道上の犯罪についてのさまざまな国際法が作られた。毒ガス使用禁止、不必要な苦痛を与えたり、戦闘員と非戦闘員を区別しない武器の使用禁止、深刻な環境破壊を起こす武器の禁止、無防備都市に対する無差別広域爆撃の禁止、など。

一体、原爆ほどの残虐兵器がこの世の中にあるであろうか。

原爆被害者の苦痛は戦時国際法にいう「不必要の苦痛」の中で最大のものであり、原爆の非人道性は、過去のどのような兵器のそれをもはるかに陵駕する。

広島・長崎の死傷者の大半は、女・老人・子どもの民間人であったが、これら多数の非戦闘員を原爆は無差別に殺戮した。当時、すでに日本の敗戦は必至であったにも拘わらず、アメリカは戦争の終結を早める為に、軍事目標を爆撃したのではなく、日本国民を威嚇する政治目的を持って、大量殺戮兵器である原爆を空中で炸裂させた。これらは軍事目標主義、空襲に関する国際法規からみても違法である。また、原爆は放射線というものを撒き散らして環境破壊をした。あらゆる面で、これほどの国際法違反の戦争犯罪、人道上の犯罪はない。

国際司法裁判所は、戦争犯罪および人道に反する罪には、国際法上、時効が存しないという条文を一九六八年に作り、一九七〇年に発効させた。しかし、日本はこの条約に棄権した。当時は、まだA級戦犯の大物が政界財界で活躍していたからだが、日本は、731部隊の細菌兵器の人体実験や、生体解剖、南京大虐殺、戦争捕虜虐待などの問題もあって、いまだにこの条約を批准していない。アメリカは原爆投下のことがある故、もちろんこの条約に反対した。

一九九五年一〇月から、国際司法裁判所で、核兵器をめぐる問題が、特に国際人道法との関係において、国際法体系の中で議論された。その結果、国際司法裁判所は、一九九六年に「核兵器による武力行使又は威嚇は、一般的には、武力紛争に適用される国際法違反、とりわけ人道法の原則及び規則に違反する」との「勧告的意見」を出した。しかし、「国家の生存そのものが危機に瀕しているような自衛の極限的状況」においては核兵器使用が合法であるか違法であるかを明確にできなかった。

原爆投下はアメリカにおいても違法とみる空気が強かった。

投下以前の七月一六日に、ニューメキシコ州のアラモゴードでおこなわれた世界で最初の原爆実験を見たマンハッタン計画のオッペンハイマーらの科学者は、理論どおりに証明された核爆発の絶大な破壊力に驚愕した。これを「人間の上」に使ったら、一体どんなことになるか。実験して、その威力を日本に見せつけるだけならよいが、実際に使用した場合には、アメリカに道義的な責任が生じることを回避できないと、スティムソン国務長官に、投下前に指摘している。アインシュタインも原爆開発をルーズヴェルト大統領に進言したことを後悔したとされる。しかし、スティムソン長官は、道義的責任を理解した上で軍事的判断を優先させ、ルーズヴェルト大統領の急死後、副大統領から大統領になったトルーマンは、日本への原爆投下命令を下した。

一九五一年に調印されたサンフランシスコ講和条約（対日平和条約）の一条には、連合国の利益のために、損害賠償請求権放棄（第19条）が加えられた。この日米相互の損害賠償請求権放棄によって、日本政府は原爆投下の損害賠償請求権を放棄したが、これで人道上の責任の追及を放棄したわけではない。原爆投下は人道に対する国際法違反であった。

原爆投下は犯罪として裁かれるはずであったのに、アメリカは戦勝国であった故に、未だに、裁かれていない。

一九四六年五月に始まった極東国際軍事裁判（東京裁判）で、日本の軍指導者が有罪となり、死刑に処せられた戦犯もいたが、原爆による大虐殺を命令し遂行したアメリカの戦争指導者は、誰一人としてその罪を問われなかった。この東京裁判では、通常の戦争犯罪に、「平和」と「人道」に対する罪を加えて、日本の被告らを起訴したが、アメリカ側の「人道」に対する罪は、全く追及されなかった。

アメリカ側の原爆投下の責任者はその罪を問われず、投下に関する日本への謝罪も無いまま、被爆後七〇年の月日が経った。

その間、アメリカが予測した如く、各国で核兵器の開発・製造がすすみ、核兵器所有国は世界に拡散した。しかも現在の核兵器は実に原爆の数千倍もの威力を持つという。アメリカ、ロシア、フランス、イギリス、中国が核保有五大国であるが、これらの国がもつ核兵器が、この地球上に二万発近くもあるという。

その全核兵器の圧倒的多数を保有するアメリカとロシアの核は、冷戦時代には、米ソの合意と検証によって管理されていた。他の核保有五大国の間でも、核拡散防止条約（NPT）に加盟しているなど、核兵器の使用保管についての条約があった。しかし、現在では、NPTを批准していないイスラエル、インド、パキスタンが核を保有し、イランや北朝鮮のような国は、核の平和利用を謳いながら、核兵器開発に利用するのではないかと、常に疑いをもたれている。これらの国の核が、もしもテロリストなどの危険な者の手に渡れば、核兵器が間違って使用されるかもしれない状態に陥っている。しかし、テロリストには国家が無いため、このような危険を排除する方法がない。核戦争が起こる危険性がますます増大してきたのだ。

このような世界情勢に危機感をもったさまざまな方面から、近年、核兵器廃絶の運動を加速するようにとの提案がなされている。

二〇〇七年一月四日のウォールストリートジャーナル紙に、キッシンジャーとシュルツ元国務長官、ペリー元国防長官、ナン元上院軍事委員長の四人が、「核兵器のない世界に（A World Free of Nuclear Weapons）」と題した論文を発表し、核兵器が拡散して危険な者たちの手に落ちるのを防ぐには、核兵器の廃絶以外にはない、という画期的な提案をした。冷戦時代には、実に、米国の核戦略を推進してきた人たちが、である。この四人はさらに二〇〇八年一月一五日に再び同紙に論説を寄稿して、核兵器削減のための具体的提案をおこなった。

二〇〇九年四月五日に、アメリカのオバマ大統領はプラハで演説し、核兵器を使ったことがある唯一の国として行動する道義的責任があるとして、核兵器の無い平和で安全な世界を希求する具体的な方策を取ると明言した。そして同年九月二四日の国連安全保障理事会で、オバマ大統領は議長となり、核軍縮・不拡散をテーマにした初の首脳会合を開催、米国提案の「核の無い世界」を目指す決議を全会一致で採択し、二〇〇九年度のノーベル平和賞を授与された。

また、荒木武広島市長が一九八二年に提唱し、秋葉忠利広島市長が一二年間（一九九九～二〇一一年）に運動を世界規模に拡大させた「世界平和市長（首長）会議」は「ビジョン二〇二〇」で二〇二〇年までに核兵器を全廃することを目標に掲げている。二〇二〇年を目標にしたのは、被爆者が生きている間に、核兵器の無い世界が実現することを見届けられるようにとの思いからだ。

しかしながら核兵器を手に入れると、それを使用するのに躊躇しない危険な者たちがいる限り、長年協議されている国家間の条約や取り決めは無力だ。その上、包括的核実験禁止条約（ＣＴＢＴ）のような条約があっても、これは爆発を伴わない臨界前核実験は禁止していないので、近年もアメリカやロシアは、数度、実験をおこなって、核兵器の威力を検証し、維持している。アメリカはじめ、核兵器保有国は核兵器を保有し続けることを明言していて、段階的に核兵器を削減していこうとしているだけだ。

核兵器廃絶どころか、アメリカ、ロシアなどは紛争があるたびに核兵器の使用を考慮している。イラク戦争では低レベルの核兵器が、劣化ウランの形で使用されたという。核兵器廃絶どころか、近年の動きは廃絶への道に逆行していると思えるほどだ。

国連総会では一九九四年から毎年連続で核兵器廃絶決議を採択している。

しかし、唯一の被爆国たる日本は、核兵器廃絶に向けて世界のリーダーシップを取るべき立場にあるはずなのに、核拡散防止条約（ＮＰＴ）の「いかなる状況においても核兵器を使用すべきではない」とする声明に署名しなかった。アメリカのいわいる「核の傘」に日本が守られていることが理由の一つだった。

「母の証言」を読んで、原爆がいかに非人道的な兵器であったかを理解されたと思うが、今の核兵器は、実にこの原爆の数千倍もの威力をもつという。このような兵器が使用されたら、全地球は放射線で汚染され、人類は滅亡する。

政府間交渉では、核軍縮でさえ遅々として進まないが、このような状況だからこそ、核兵器廃絶のため、今こそ市民が声をあげる時ではないだろうか。

市民が結集して声をあげるならば、それは国を動かす力を持っている。地球を救い、人類を存続させるために、私たち一人ひとりが核兵器の開発・製造・保有・販売・使用を禁止するために行動しようではないか。

被爆という核兵器の恐ろしさを身をもって知る人間として訴える。
核兵器は廃絶されなければならない。
再びこの地球の上に被爆者を作ってはならない。

ノーモア　ヒロシマ

ノーモア　ナガサキ
ノーモア　ヒバクシャ
核兵器廃絶以外に人類が生き延びる方法はない。
平和よ　あれ！

あとがき

私は、二〇〇三年に、丸善より『アメリカへ　ヒロシマから』と題した本を出版した。本書は、この『アメリカへ　ヒロシマから』を改題し、新たな章を起こし、一部を大幅に加筆し、編集しなおしたものである。

また、この機会に日本語が読めない方々にも、ぜひ読んでいただきたいと思い、「母の証言」には英語版（英訳ではない）をつけることにした。

母から被爆当時のことを聞いたのは、日本に里帰りしていた一九九一年のことだった。私は、それを小さいノートに書き取っていた。

聞き取りは、語る母はもちろん、聞き手の私も精根を使い果たすようなつらい作業だった。進めていくうちに、母がせっかく四六年もかけて忘れようとしている被爆当時のことを、詳しく聴くのが、心情的にますますつらくなっていった。私も、母の語りと共に再び被爆体験をしはじめたからだ。とうとう、大体の様子がわかったところで、それ以上体験を話してもらうことをやめた。

そして私は、母が語ってくれた被爆当時のことを書き取ったノートを、その後一〇年間、見る気もしなかった。

二〇〇一年に、思い出して、そのノートを読み返してみた。

気がつくと、母がノートから飛び出し、あの柔らかな口調で静かに語りだしたのだった。どんなときにも、強く、優しく、温かかった母が、封印してきた慟哭。あれほど残酷な出来事にあいながら、私たち兄弟三人をかかえて生きるために、失意と絶望の底から這い上がった母の本当の言葉がよみがえった瞬間だった。

思えば、あの日の母は、まさに生き証人として、原爆に遭遇した多くの人々の語り部そのものだった。その母の声をひたすら起こし、あらためて書き留めていったのが、一章の「母の証言」になった。

「母の証言」を読んで、「これは、まるで散文詩のようだ」と言った人がいた。実は、母が息継ぎをしたところで行をかえただけ。母の肉声そのものなのだ。

描写が残酷すぎるという人がいる。あえて言おう。事実はあれどころではなかったのだ。被爆者は言う。「どんな文も、どんな絵も、どんな語りもあの原爆の酷さを描写しきれているものはない」と。

二章「ヒロシマからアメリカへ」は、三つに分けた。

「◇その時私たちは」は、もう少しで一家全滅するところだった私の家族の被爆体験。いまも残るその時に負った傷の跡のことなどについてもふれた。

「◇母は強し」は、戦後の混乱の中で、三人の幼子を抱え、女手ひとつで私たちを育てあげた母への讃歌だといってもよい。本書を母に捧げる意味もここにある。

「◇アメリカへ」では、何故渡米し、アメリカ国籍を取得することになったのか。アメリカの大学で日本語を教える教師になったことなど、渡米後の私自身のことについてまとめてみた。

私は、アメリカに来てから俳句・短歌・詩などを作るようになった。

三章「ヒロシマ・ナガサキ・そしてフクシマ」は、これまで書きためた俳句と短歌で綴る私の被爆者としての自分史だ。

特に「私の証言」の詩では、私がいまも持っている原爆についての思い、核兵器廃絶への思いを述べてみた。

また、福島の原発事故で放射能問題が被爆者だけではなく、みんなのものになったことを俳句と短歌で表現した。

なお、朝日新聞やＮＨＫ入選作以外の俳句・短歌も、その大半が『小説新潮』と『オール讀物』に掲載された入選作であることを付け加えておく。


四章では、「核兵器廃絶」の論文を掲載した。

原爆についての文献を読んでいるうちに原爆の製造過程や投下後の裁判、核兵器廃絶にむけての法案など、私がこれまで得ることができたさまざまな知識を、「核兵器廃絶」を願ってまとめたものだ。


なお、『アメリカへ　ヒロシマから』を出版後、読んでくれた友人たちの多くから、「この『母の被爆証言』こそ、アメリカの人に読んでもらうべき」とのアドバイスをいただいた。

私は、これに応えることにした。「母の証言」と、「私の証言」の詩を英訳して、英語版を作ったのだ。それは、やりがいのあるものではあったが、母国語ではない英語で書くのだから、大変な仕事だった。

二〇〇七年に初版、二〇一一年に改定二版を作り、Author House から出版した。タイトルは *Masako's Story : Surviving the Atomic Bombing of Hiroshima* で、著者名は Kikuko Otake である。（ISBN : 978-1-4634-4338-2）

私は、その後、被爆証言を頼まれるようになった。二〇〇〇年からは、アメリカの高校、大学、平和団体、教会などで証言活動をしている。被爆者の一人として、惨禍を繰り返さないためにも、被爆の悲惨さを語らなければならないし、いまこそ語るべき時だと思っている。

長い沈黙を破って、被爆体験を語ってくれたのは、母が七八歳の時だった。

母の人生は、戦争・原爆を抜きに語ることはできない。

あの日以来、私たち兄弟の守り手だった母古田雅子は、二〇〇一年一一月三〇日にパーキンソン病が元の衰弱で、亡くなった。

寝たきりの母も越えゆく　新世紀
寝たきりになれど母あり　冬灯す
母　逝く（享年八十九歳）

兄、弟と私の兄弟三人は、被爆後のある時期には病弱だったが、成人してからはおおむね健康だった。六〇過ぎてからは癌になったりもしたが、現在も割合元気で、日米で暮らしている。

それもこれも、平和あってこそだ。

二〇一一年三月、東日本大震災と福島第一原発事故が起こった。

被爆者の一人として、いまだに故郷に帰れない一二万人もの福島の人々のことを思うと胸が痛む。日本は、世界で唯一の被爆国だ。広島でも、長崎でも今なお多くの被爆者が後遺症に苦しんでいる。これ以上広島・長崎の悲劇が繰り返されてはならない。

核兵器は廃絶されなければならない。

本書が、世界の若い方々に読まれ、戦争と平和、核兵器について考えるきっかけとなれば、これほど嬉しいことはない。

ヒロシマ、ナガサキ、そしてフクシマの人々の思いはひとつ。

何度でも言おう

ノーモア　ヒバクシャ！

「平和よ　あれ！」

二〇一五年　大竹幾久子

［注］プライバシー保護のため、人名はかえたものもある。

あとがき追記

すべてのことは、高校の同期生の一人が、私を探すことから始まった。「朝日新聞の朝日歌壇に、ときどき、原爆のことを詠って入選している（アメリカ）大竹幾久子は、同期生の古田幾久子さんではあるまいか？」と気づいてくれたのだ。

私が通った国泰寺高校は、旧制広島一中で、爆心地の近くにある。校庭の隅には原爆で犠牲になった教師と生徒の慰霊碑があった。

私はその高校卒業以来、同期生とは、全くと言っていいほど、交流がなかった。おまけにアメリカに来て結婚したので、新姓が大竹であることを知っている人はいなかった。

卒業後それぞれの道を歩んだ同期生は、引退し、七〇代になったいまでは、東京と広島で、ほとんど毎月のように同期会を開いて、活発に活動している。毎回の出席者は三〇人を超えるという。卒業後五〇周年の時に、記念誌が出ているが、私の消息は、わからないままになっていた。しかし、昨年の夏、同期生が知っている小さな情報をかき集めて、ついにアメリカでの私の所在をつきとめてくれた。同期生の天野光則氏から突然手紙がきて、五〇数年ぶりに同期生との交流が始まった。

天野光則氏は、大学で経済学を教えていた方で、退職記念に出された小冊子が同封されていた。そのお返しに、私も被爆体験を書いた本『アメリカへ　ヒロシマから』をお送りした。

驚いたことに、この私の本を、東京と広島の同期生三〇数人が回し読みしたという。「買いたい」「どこで売っているか」と聞かれたが、なにしろ自費出版の本なので、二〇〇三年から数年間は丸善日本橋店にあったものの、いまはすべてひきとったし、私の手元にも、もうほとんど在庫がない。

「それなら『アメリカへ　ヒロシマから』をぜひ、再版して欲しい」という声があがった。そこで、出版社にあたってみたが、なかなか出版してくれるところは、みつからなかった。「ダメなら、私たちが、お金を出し合って、自費出版を助けましょう」と言うところまで話が進んでいた。

「本の泉社」が出版を引き受けてくださることになったのは、そんな時だった。これは、ひとえに、天野氏とその友人の桜井香氏のご尽力の賜物と感謝している。

私は所用があって、今年五月末に訪日した。その時、天野氏とともに、「本の泉社」にお伺いして、社長の比留川洋氏と編集担当の持田美津子氏にお会いした。当初の計画では、すでに出版した『アメリカへ　ヒロシマから』の増補改訂版のつもりだった。しかし、二〇〇三年の出版後、東日本大震災と福島第一原発事故が起こった。被爆者の私はフクシマの被曝者を想う歌を詠み、朝日歌壇に入選したりしたので、その俳句や短歌も追加することになった。核廃絶運動も遅々として進まないので、核兵器廃絶の論文も後半を書きかえることにした。

話し合っているうちに、増補版ではなく、「全く新しい本にして出版しよう」ということになった。それから、大幅に加筆し、編集し直した。新たに地図や写真も入れた。巻末には「母の証言」の英語版をつけることにした。表題は、『いまなお　原爆と向き合って』に決まった。

私がアメリカに帰ったのは、すでに六月。七月中に出版するには、時間がない。すぐに、「本の泉社」と私は必死になって原稿の校正を始めた。しかし、メールでの交信も、カリフォルニアと日本とでは、働いている時間が、互いの国の深夜にかかるので、何をするにも、半日分は遅れることになる。外国同士の不便さを、いやという程味わった。

それにしても、同窓生とはありがたいものだ。天野光則氏と本書の出版を後押ししてくれた高校の友人たちには、心からのお礼を申し上げたい。

また、表紙絵は、佐々木こづえ氏が描いてくださった。芥川賞作家の表紙も描く佐々木こづえ氏が、このようにすばらしい表紙絵を描いてくださったことを光栄に思う。

私の作品を評価し、出版を引き受けてくださった「本の泉社」社長の比留川洋氏をはじめ、このタイトスケジュールのなかで、写真や逆から読む英文も含む本の、複雑な組版・校正をしてくださった田近裕之氏、編集の持田美津子氏に、重ねてお礼を申しあげたい。

最後に、この本は家族の協力なしではできなかった。

夫は本を執筆中の私を、数ヶ月にわたって、暖かく見守ってくれた。次男はイラストを描き、英語の誤りを直してくれた。また、この二人は、コンピューター知識が全く無い私が、写真も入った本一冊分の原稿を作成するのに、問題が起こるたびに、操作を手助けしてくれた。アメリカの東海岸に住む長男も含めて、家族のみんなに感謝したい。

たくさんの人の協力を得て、このような本が出版できたことを嬉しく思う。

平和よ　あれ！

二〇一五年七月　カリフォルニアにて

大竹　幾久子

［注］「Appendix　*Masako's Story*, Revised prose poems of Chapter One, "*Haha no Shogen*"」は二一四頁からお読みください。

I Can't Talk About It Today

My dear Daughter.
On that morning,
When I went out to the backyard,
I found a flower blooming on a squash vine
Which the former resident[1] had planted in a small garden in the yard.
Oh I tell you, I was so glad!
'Soon we'll have some squash to eat!'
That's what I thought that morning.

Then I saw a lady with a white parasol
Walking beside the railroad tracks.

'It's going to be another hot summer day today,' I thought,
'Best to hurry up and finish the laundry.'

So I went back into the house,
And when I started washing some clothes in the kitchen in a big wooden tub,
It was just at that moment,
WHEN . . .

The Atomic Bomb fell.

The lady flew like a doll from the railroad tracks,
And landed on her back with her parasol still in her hand,
Dead.

Ah, that moment!
Oh, that day!

How horrible it was.

Hell on earth.
....

I don't want to think about it any more.

Sorry, not now.
I can't bring myself to tell you today.

〈footnote〉

1 My family had moved back to Hiroshima, my parents'hometown, from Nishinomiya just about a few months before the bombing.

Oh! I Can't Continue to Speak of It!

I lay unconscious.
How long?
I don't know.
It felt comfortable,
Like taking a nice, long shower.

Gradually . . . a sound filled my ears:
— Children,
— Children screaming,
— Crying for their mother.
I freed myself by pushing off the debris . . .
Our house had collapsed around us . . .
And I discovered that both you and Koji had been buried
Up to your chests in the rubble,
So I crawled across the broken beams and roof tiles,
And I pulled both of you free.

The gashes on your heads . . .
Like a fountain,
The blood spurted down your smudged faces.

I then looked for Shoichi and found him struggling, alone,
To free himself from the wreckage.
He was bleeding from his head and brow.

And oh!
His right eye was smashed.

What?
Our house?
Our house has been bombed!
A bomb . . . it fell directly on our house! [1]
That's what I kept thinking at that time.

I dug through the broken roof tiles, timber, and crumbled stucco
Searching for the emergency supply bag I kept handy during the
war.
I found it!
Then I took out the first-aid kit.
You were bleeding so badly.
I tried to stop the flow
By binding your heads — yours and your brothers'—
With the big triangular cloth bandages.
But the blood still gushed!

The blood clung to your hair
Pasting it to your skulls and streaking your faces,
So that you, daughter, looked like *Oiwa-san*. [2]
The white dress you wore was filthy and tattered,
And dyed ghastly red by the blood.

I searched for more bandages.
But there were no more . . .
I could do nothing . . . but watch my children bleed.

It was then that I noticed,
Flowing down my forehead . . .
Something . . . wet.
I wiped it with my hand . . .
My palm was covered with blood.

I was completely unaware until that moment
That the blast of the bomb had shattered the kitchen window;
Shards of glass had flown like arrows
And cut the right side of my head and face.
I bet there was a dozen slivers of glass or more.
I pulled out as many as I could,
Later.

Just under the elbow,
My left arm was ripped open — the gash about four inches long
Like the inside of a pomegranate.
And through the gash, a bone flashed ivory white.

Fires were breaking out everywhere …
We had to get away.
I stood you three in a row.

"Now hold hands!" I said.
My eight-year-old Shoichi stood on one side, I on the other,
You, my five-year-old daughter, and three-year-old Koji stood in between us.
Then I heard our next-door relative, Aunt Kazuko calling,
"*Tasukete ! Tasukete kudasai !*" [3]

I could only see her hand.
She was buried in debris.
Nobody came to help us.
Fires were burning near,
So I had no time to waste.
I gathered all my strength,
And pulled . . . and pulled . . .
Her house was big — two stories tall —
And the thick pillars and stout timbers were like a vise.
To this day, I still don' t know how I managed to pull her free
Despite my torn left arm that flapped like a fish.

The Misasa Elementary School, our official neighborhood shelter,
Was already in flames.
So I fled with you to the sandbank on the Yamate River [4] in Uchikoshi.

When we arrived at the sandbank,
I was horrified to see

That it was packed with
Grotesquely burned,
Gruesomely wounded,
People.

Some were completely red, with raw flesh burns.
The scorched skin slipped from their bodies,
And hung in loose strips, like paper streamers.
And their faces!
Eyes, noses, mouths, ears had all melted down.
And the hair . . . the hair . . .
Had burned away from the scalps.

A man's arms and legs . . . were almost torn away . . .
We saw his bones protruding like bloody skewers.

And One . . .
Had a gaping hole in his chest . . . his ribs were exposed.

And One . . .
His belly was split open,
And oh, he was holding his bowels in place!

And One . . .
His skull was smashed open . . .
One eye dangled down on his cheek.

And Another . . .
His head was split so badly . . .
I couldn't tell which side his face was on.

All were streaked with blood and dirt.
The lucky ones still wore shreds of pants,
Scorched and tattered though they were.
But most wore no clothes at all.
Their garments were shorn away
Or burned off by the bomb's searing blast. [5]

I saw masses of naked, bloodied, burned flesh, gasping faces so disfigured
That I could not tell the men from the women.
This one . . . that one . . .
I had never seen such horror!
Were they truly human beings?

I once saw a painting of hell.
But I swear this sight was more nightmarish than that.

Your Dad's oldest brother, Uncle Koichi, had fled
To the sandbank, where we were . . .
I saw that his entire body was scalded . . .
He was dressed in what I thought was shredded cloth,

But which turned out to be strips of his own flayed skin.
His chest was a garden of burned flesh.
The skin from his cheeks and chin hung down,
A shredded mask instead of a face.
His eyes were barely open.
And the raw flesh of his nose had fused with his swollen upper lip,
Which had peeled back to expose his teeth.
He was burned bald.
He held his arms up in front of him, like a ghost.
And from each tip of each finger,
The sloughed off skin hung down in glove-like pieces.
I asked him, "You are Koichi, right?"
He nodded,
And then knelt and died.

The day turned as dark as night.
I had no idea what time it was.

But even with those dreadful injuries and burns, no disorder reigned.
The crowd moved in a strange silence.
Everyone was dazed, in shock,
And lay, crouched, or stood, like ghosts on that sandbank.

Because your clothing was shredded, dirty and bloody,
You needed new things to wear.
But our house was already in flames,

And I couldn' t go back for more clothes.
So, after taking off my *monpe*[6] top,
And draping it over you and your brothers,
I decided I' d go to Aunt Harada' s house in Yamamoto[7]
To get some spare garments that were stored there.

Leaving you children on the sandbank,
I set out alone on foot.

On the way to Yamamoto,
I walked with hundreds of men, women and children who were
maimed and badly burned.
The burned ones looked just like Uncle Koichi.
Their faces were red or purple and swollen,
And they held their arms up in front of them,[8]
Their skin hanging like tattered cloth.
Some were lucky enough to still have hair,
Though their hair was in a wild nest, covered in dust, and ashen
from burns.
Hardly anyone was uninjured.
Streaming with blood, with their heads bowed and silent,
They lurched on towards the suburbs,
And away from the threatening flames and black smoke
That wreathed the shattered city.
Here and there, the injured and the burned
Collapsed to the ground,

And dyed the ground dark red with their blood.

Those who were walking,
Those who were dead,
They all looked the same:
Ghosts, goblins, and monsters marching to hell.

Thinking back,
I must have looked exactly like they did.

I arrived at Yamamoto and looked for Aunt Harada' s house,
But somehow I couldn' t find it.

Suddenly I felt a sharp pain in my foot.
"Ouch!"
I must have stepped on a nail or something.
For the first time since the bombing,
I felt the sensation of physical pain.
I was surprised to notice that I had been barefoot all along.
All the roads were scattered with the debris of flattened houses;
Broken roof tiles, shattered glass, nails, timbers, crumbled stucco, and huge splinters were everywhere.
Roads were blocked by fallen utility poles and trees,
Charred by the intense flash heat of the bomb.
Power lines hung down overhead, and some lay tangled on the road.

Then my thoughts turned to you three children.
'Would you be able to withstand such horrible sights?'
I berated myself for leaving you alone,
And resolved to go back to you immediately.

But when I came back to the Uchikoshi sandbank,
I was horrified to find that
You children weren' t there.
I searched frantically for you.
I was afraid you might have tried to go back home.
But someone said,
"Don' t go back home! It' s an inferno!"
"Don' t go back to search for your kids!"
I felt as if I would go mad
From my frustration and fear.

Then a badly injured lady in her sixties
Who was too weak to flee said,
"I saw three little children crying for their mother:
'Mommy! Mommy!'
They had a *monpe* top over their heads.
The pattern of that top was the same as that on your *monpe* pants.
I wonder if they might be your little ones."
She also added that many evacuees had moved to a nearby bamboo grove.

So I went to the thicket by the Yamate River that she pointed out to me,
But could find no sight of you.
Other survivors, however, told me
That a group of people had taken refuge under a bridge
Because of the rain.
That rain is what we now call "black rain,"[9] isn't it?

'Which bridge could it be,' I thought to myself.
'How would I ever find you and Shoichi and Koji?'
I panicked.
But then, luckily, I came upon all three of you
Huddled together under the first small bridge I checked.
All of you were crying, "*Okaa-chan! Okaa-chan!*"[10]
Oh. I can't tell you how happy I was to find you!

Thinking back, we were really lucky.
If I hadn't put my *monpe* top over you,
You might have become atomic-bomb orphans.[11]

Under that bridge,
There was also a naked soldier with no cuts or bruises.
But as he was so pale and gray,
His undressed body looked like a marble statue.
I wondered at that, but was forced to leave him.[12]

We slept on the sandbank that night,
Because everywhere we looked,
The city of Hiroshima was a scorched plain
Still smoldering with some flair-ups here and there.
The sandbank seemed like the only safe place.
Our house had burned down,
And we didn't have anything like *futon* quilts with which to cover ourselves.
So we pulled up vines of the *yamaimo* yam
That grew on the slope of the river bank,
And covered our bellies with a few strings of them
Just to feel like we had blankets,
Then tried to fall asleep.
With the tattered clothes that were stiff with caked blood,
With the streaks of blood smeared on our dirty black faces,
With the shards of glass still stuck in my face and shoulder,
With my left arm gashed and limp,
All four of us,
Tried to fall asleep on the sandbank of the Yamate River
That was soaked with black rain.

It was so cold that night.

The next morning,
Soldiers distributed some rice balls
That had been provided by relief agencies.
During the war, food was so scarce,
And rice balls had become such luxury food.
We hadn't tasted them for months.
Yet you children didn't eat them.
The rice balls had been grilled to prevent them from spoiling.
But looking at the charred rice balls,
You started to wail,
Seeing a reflection of the charred, black skin of so many people
Suffering around us.

Indeed,
A great number of corpses were floating in the river,
And the burned and the maimed lay moaning nearby.

Are they alive?
Are they dead?

A burned woman kept on begging feebly,
"*Mizu, Mizu!*"[13]
Then suddenly she ceased her calls.
Silent, forevermore.

After seeing so many deaths,

I felt emotionally numb.
I wasn't even sure
If I myself was still among the living or the dead.

But one incident stands out clearly in my mind.
It occurred maybe three days after the bombing
To a woman who, crying over the dead child in her arms,
Found that maggots had hatched on the corpse,
And had started to wriggle in and out of it,
Feasting upon it.
Because she couldn't leave her dead child like that,
She dug a shallow hole in the sand.
And, as there wasn't wood left in the city,
She filled it with some *yamaimo* vines she had pulled up by the roots,
And cremated her child by herself,
Sobbing and wailing as the flames grew higher.

Around Hiroshima,
So many people were cremating their parents and children like that.

The air was filled with the rank, squalid smells of the wounded and the unwashed,
With the stench of so many rapidly decomposing bodies,
With the sharp smell of cremated human flesh,
And with the ashen odor of an entire city in ruins.

Ah, that time on the sandbank.

I don' t know how to describe it all.

It was truly a living hell on earth.

Never.

Oh, never again.

. . . .

Oh, I can' t continue to speak of it!

〈footnote〉

1 Our house was in Uchikoshi, 1.1 miles north of the hypocenter.

2 A female Japanese ghost with long hair, and a disfigured face streaming with blood.

3 "Help me! Help me, please!"

4 About 1.25 miles north of the hypocenter. The Yamate River is a tributary of the Ota River.

5 The blast force was 400 yards per second. In the vicinity of the hypocenter, the surface temperature reached over 7,000 degrees Fahrenheit. Within 1.25 miles radius of the hypocenter, most combustible materials, including people's hair and clothing, spontaneously ignited if they were exposed to the direct heat rays

of the bomb.

6 *Monpe* is women's work clothes. The loose-fitting pants are tied at the ankles. During the war, *monpe* was women's daily wear.

7 Yamamoto is located about 2 miles north of the sandbank, or roughly 3 miles from the hypocenter.

8 Burn victims held their arms up in front of them like ghosts, because lowering their arms caused painful throbbing in their fingertips from the blood pooling in each hand.

9 About 20 to 30 minutes after the explosion, heavy rain fell on the northwestern areas of the city. It was black because the raindrops contained mud and dust stirred up during the explosion, as well as soot from the fires. The black rain was highly radioactive.

10 "Mommy! Mommy!"

11 Approximately 2000 to 6500 children lost both parents to the bombing, but the actual number is unknown. Source: Audio Guide #11, Hiroshima Peace Memorial Museum.

12 This soldier was likely a burn victim. Burn injuries varied in intensity according to the victim's distance from the hypocenter. Burn victims who were directly exposed to the heat rays of the bomb within 0.5 mile of the hypocenter were often charred black and instantly killed. Burn victims 0.5 to 1.25 miles from the hypocenter frequently suffered ghastly, red burn wounds, and most of them died within a few days. Those 1.25 to 2 miles from the hypocenter often had burn wounds that rendered the flesh grayish white. The fatality rate amongst the severely burnt was quite high.

13 "Water. Water, please!"

May Their Souls Rest in Peace (*Nam'amidabutsu*)

The morning after the bombing,
I covered you and Shoichi and Koji with *yamaimo* vines,
And left you on the sandbank to look for your Dad,
A private in the Army's Second Unit of the West,
Stationed very close to the hypocenter.

As far as I could see,
The entire city of Hiroshima had become a scorched plain
That stretched out in all directions.
The roads had mostly disappeared, covered by debris.
Many places were still smoldering,
And the asphalt on the streets was still soft and hot
From the heat of the raging infernos of the day before.
I trudged through block after block of ruined buildings,
Avoiding the dead and the wounded[1]
Who lay scattered everywhere, moaning.

On a wide street,
A packed streetcar during the Monday morning rush hour
Had halted in mid-motion.
Burned and melted . . .
Just a shattered husk . . .
The passengers who had been standing within

Now reduced to charcoal dominos fallen against each other.
Their forms thrust into strange, nightmarish shapes.
Those who had been sitting
Had become blackened, man-shaped lumps of soot of different sizes,
While others had been thrown out of the streetcar,
Their scorched bodies scattered around it.

When I came to the Aioi Bridge, [2]
I stopped in shock:
Its railings were gone,
Fallen into the river.
Though it was made of a foot thick concrete,
A terrible force had lifted the floor girders and sidewalk of that great structure.

When I managed to clamber across its twisted spine,
I saw the corpse of a man clinging to a mangled bicycle
Wedged inside the bridge's cracked surface.
He had been scorched to death,
And looked like a crude stick figure made of coal.

The rivers under the bridge were packed with
Thousands of floating corpses and dead horses. [3]
So terribly maimed,
Or burned red, purple, gray or black, and swollen to
Two or three times their normal size,

That I couldn't tell if they were floating on their backs
Or on their stomachs.
But I did notice one dead man bobbing down the river
With his eyes wide open,
Glaring at the sky.

After crossing the Aioi Bridge,
I walked diagonally across the grounds of the Gokoku Shrine
To take a short cut.
Oh. That ground was filled with hundreds of people with horrible burns
Scattered everywhere.
Many of them were dead.
But those that still lived,
Begged, "*Mizu! Mizu o kudasai,*" [4] in faint whispers.
Soon my way was blocked by their outstretched arms.
One of them even grabbed my ankle, though feebly,
To stop me from running past him.
His burned skin sloughed off his fingers,
As I pulled from his grip.

Breathing hard, I found a pipe on the Shrine grounds
That spurted water from its jagged end.
I soaked the bottom half of my *monpe* top with water,
And returned to wring merciful drops onto the lips of the dying.
As their coal-black faces were so gravely disfigured,

Some could not even open their mouths.

The Western Drill Ground where your Dad might have been
Was just beyond these premises.
So I hurried along, chanting, "*Nan' maidabutsu. Nan' maidabutsu.*" [5]

But when I came to the Western Drill Ground, [6]
I was told that the soldiers had fled to the Eastern Drill Ground.[7]
And so I went on ahead, almost as far as Fuchu, [8]
Climbing across the broken span of the bridge
Near Shukkei-en Garden [9] in the process.

All along the way,
I saw thousands of dead bodies scorched by the searing rays of the bomb.
Their faces, arms, and bodies were bloated into hideous forms.
Their eyes were swollen shut,
And their swollen lips pulled back into puffed rictus smiles.
They were hairless, and burned so completely,
That their eyebrows had been roasted off,
Making it impossible to tell the bodies of the men from the women.

At one point, I came across a place where many burned soldiers
Had been piled into several heaps.
I looked for your Dad, calling out,

"This is Mrs. Furuta. Is Private Nobuichi Furuta around here?"
The soldiers' stomachs were grotesquely distended,
And looked as if they would burst above and below the belts they wore.
They were naked except for their belts and some shoes.
But strangely they retained a small round patch of cropped hair on their heads
Where their helmets had kept their hair from roasting off.
As every soldier's face was red and swelled up
Like a balloon because of the severity of their burns,
I could not pick out individual features,
Or tell if one of them was your Dad by looking at their faces.

When I again said, "Is Private Furuta around here?"
One soldier in the pile opened his eyes slightly,
But closed them right away after realizing his mistake.

Still, you see, by 1945,
Even the military lacked supplies,
And the soldiers had to provide their own belts.
So I tried to find your Dad by searching for his belt,
Using it as a means of identification, if you will.
I prodded one dead soldier on top of the pile a little,
And watched as he rolled down to the foot of the pile.
"I'm very sorry. *Nan' maidabutsu*," I said.
And continued to prod soldiers' bodies,

One after the other, checking each belt in the process.
But soon I started to feel guilty and halted,
Since, although many were dead,
I noticed that others were still dying,
And I was disturbing their last moments.

Pile after pile, there were so many dead soldiers.
I felt powerless to find your Dad.
I wondered for a moment if he were lying, dead,
At the bottom of one of these heaps,
But immediately denied the thought.
  'My husband will come back alive to Uchikoshi!' I vowed.
  'Look,' I reasoned,
  'Even women and children like us could survive this disaster.
   He was a man, an armed soldier.
   He must have been evacuated somewhere.
   He must be safe and sound.'

At that point, I began to worry more about you children.
I had left you behind on the sandbank.
So I quit looking for your Dad,
And decided to return to you.

Nam' amidabutsu.
Nam' amidabutsu.
May the souls of those poor people rest in peace.

〈footnote〉

1 It is estimated that about 70,000 people died instantly or within a week of the bombing. Another 70,000 perished by the end of December 1945.

2 About 330 yards west of the hypocenter. This T-shaped Aioi Bridge was the target for the dropping of the atomic bomb.

3 Horses were used as draft animals by the Imperial Japanese Army.

4 "Water, please! Let me have a drink of water."

5 Buddhist chant meaning: "May his soul rest in peace."

6 About 500 yards east of the hypocenter.

7 About 1.25 miles east of the hypocenter.

8 The covered distance is about 5 miles.

9 About 0.75 miles from the hypocenter.

The Remains of Uncle Yataro

The next day,
Taking all three of you children with me,
I decided to visit the ruins of your Grandma's house near
Tokaichi,
Less than half a mile west of the hypocenter.
At the time of the bombing,
My brother, Yataro, had been at home.

From the sandbank,
All four of us staggered and stumbled along the streets
Covered by debris and charred rubble.
Some spots were still too hot to step on,
So I held your hands to guide you to a safer place.
But no such place was there.
Dead bodies and skeletons were scattered everywhere.

Amid the blackened rubble of a burned down house,
Two skeletons lay,
One large and another small — hugging each other.

Among the debris of a concrete building,
Several scorched bodies were scattered.
Some of their skulls were crushed, oozing brain . . .

Trying to avoid the debris,
I stepped on a skeleton.

You tripped over a scorched body
That lay like a charred log.

The day before,
I saw five boy students, all badly burned.
They sat in a circle begging for water.
Today,
They were all dead . . .

By this time,
Many people had come out to the scorched plain
Looking for their loved ones.
Some were healthy,
As they came from outside Hiroshima City.
But many were just like us,
With gashes on their heads,
With shards of glass still stuck in their faces,
Or red with burns, and still bleeding,
Dragging their feet, limping and stumbling,
They scoured the places,
Calling the names of their loved ones,
Asking everyone for any clues to their whereabouts.

Breathing was difficult,
As the air was thick with rank, smoky smells,
With the stench of so many decomposing bodies.

Once in a while
Red burned bodies — swollen more than twice their normal size
Spewed the muddy goo from their mouths and noses . . .
Because some still retained body fluid that had been boiled from
above and below
By the scorching summer sun
And by the still hot ground where they lay.

As we got closer to the Aioi Bridge,
The burned bodies changed from red to dark brown to black.

Many bodies were half cremated.
Some had burned flesh clinging to their bones.
One had two leg bones sticking out of a scorched body.

A man with a sling made of rags around his neck
Kept on lifting and turning swollen bodies,
Looking for his father.

A brother and a sister, both middle school students,
Injured and burned,

Were collecting ashes of their mother into a twisted pail.
Her last word had been,
"Leave me and flee! Now!"

A man with a blood-soaked bandage around his head,
Carrying his injured mother on his back,
Ran past us.
His mother kept on calling,
"Ritsuko! Where are you?"
"Hurry up! Hurry up and find her!"

Indeed, everyone had to hurry up and find his or her loved ones,
As military trucks came into the city,
And started loading dead bodies into a truck bed.

First, three soldiers tried to lift a burned body,
But they dropped it to the ground, losing their grip,
When its skin sloughed off.

So they called in two more soldiers.
Two stood at each hand, two at each leg, and one at a head of a burned body,
And lifted the body, and flung it into the truck.

But soon they realized there were too many corpses.
So they started to use shovels to scoop up the bodies,

And whirled them to the truck bed just like dirt.

When the truck was full,
They drove away,
Leaving a faint whisper,
"*Tasukete!*"[1]
Coming from amid the pile.

The entire city was reduced to a vast scorched plain
Making it impossible to find where Tokaichi was.

I finally figured out the place
Where your Grandma's big house used to stand.
In her backyard,
She had had a stout air-raid shelter built underground.

By the entrance of that shelter,
I found . . .
The remains of Yataro . . .
Perfectly burned into a skeleton
By the infernos caused by the searing heat rays of the bomb.

You and Shoichi and Koji, all dirty and injured,
With your faces smeared with dried blood,
Still wearing blood-caked tattered clothes,

Squatted by me,
Staring at your uncle's remains . . .

But your stares were blank.

Surrounded by the destruction and horrendous events beyond your comprehension,
All of you were still in shock.

Indeed, all along the way,
You children didn't even utter a word.

We didn't even have a slightest appetite.
I don't remember
Eating anything,
Drinking anything,
For a few days after the bombing.

I planned to go on to look for your Dad after this.
But I changed my mind.
It was too much for you children.
I regretted having taken you with me.
So I decided to go back to the sandbank.

You once said you remembered seeing
A perfect skeleton.

That must have been the remains of Uncle Yataro.

〈footnote〉

1 "Help!"

Human Beings Don't Die Easily

About three days after the bombing,
An emergency relief station with just a tent for a cover was set up
On the site where the Yokogawa Credit Union had formerly stood.

When I arrived there,
And showed a military doctor the gash in my left arm,
He said,
"Listen. Right now we can amputate your arm just below your elbow.
But if you wait too long, we will have to amputate it from your shoulder."

'I had three little injured children to care for.
How could I survive with just one arm?'
So I told the doctor that I would need to think about it,
And returned to the sandbank.

As the first-aid station was overwhelmed by the burned and the wounded,
Ones who still had arms and legs and could walk like me
Had the lowest priority among the bomb victims.
So nobody came after me to do surgery right away.

Devastated by the thought of losing my left arm,

I resolved to do everything on my own to try to save it.
But all I could do was to wash the gash on my arm with water,
And every day to apply just one coat of mercurochrome disinfecting solution from the bottle in my first-aid kit.
But as the bottle was the only medicine I had for treating injuries,
I was forced to use it sparingly.
Day after day, I repeated this treatment.

For a long time, the fingertips of my left hand felt numb,
And I ended up with this big crescent-shaped scar on my arm.
But as you can see,
I managed to save it
Through this course of self-medication.

As for you children,
All three of you had deep cuts on your heads.
Soon after the bombing, when the wounds were fresh,
Blood had spurted from you like a fountain.
Yet at the aid station,
A nurse applied just one brush of mercurochrome to each of your gashes,
Before saying, "Next!"
I wonder how all those wounds healed
Without getting any special treatment.
You didn't even suffer from infection
Or get some complication like meningitis.

Perhaps just a week after the bombing,
All four of us walked almost as far as Kabe [1] searching for Dad.
In the suburbs outside Hiroshima City,
Many temples and school grounds had been turned into temporary rescue centers.
On the way to Kabe,
We scoured as many of those places as possible in our search.

The many bomb victims were left lying on the ground, untreated.
So many flies — hundreds of them —
Swarmed over those who were too weak to shoo them away,
And maggots wriggled in and out of their burns and wounds,
Having a feast.
Many victims moaned.
Some cried for help, though feebly.
A schoolgirl kept calling,
"*Okaa-san! Tasukete. Okaa-san!*" [2]
Though nobody was around her to care for her.
But half of the victims were too weak to say even a word.

The air was filled with the stench of their oozing wounds,
And the rapidly decomposing corpses left there unclaimed.

Because all of the victims were maimed and burned beyond

recognition,
And covered in black by swarming flies,
We were forced to walk through them, calling Dad's name aloud.

But again we couldn't find him.

Despairing,
I decided to take you back to the Uchikoshi sandbank.
But on the way, it started to rain.
We were still wearing dirty, blood-caked rags
Which we had not changed since the bombing.
The rain soaked us to the skin.
You began to shake,
And grew pale.
Yet all that I could do was to hold your hand with my injured left hand,
And to hold onto the hand of your younger brother Koji with my right hand,
And force you to keep going.
Along the way,
You shook more and more violently,
Your teeth chattering uncontrollably,
And you finally fainted, and fell against me;

'Ah, Kikuko is going to die.'
That's what I thought at that moment.

But you are alive and well now.

And so I am certain that human beings don' t die very easily.

〈footnote〉

1 About 8.5 miles north-northeast of the sandbank.

2 "Mom, help me! Mom!"

That's Why You Are Still Alive Today

About two weeks after the bombing,
I decided to go to Rakuraku-en [1] in Itsukaichi
Where your Grandma had a small house and some duplexes
That she rented out.

Under the hot summer sun,
All four of us, dirty and injured,
Plodded along the Sanyo Railway tracks to Rakuraku-en,
Stopping to take a short rest at the Koi Station along the way.
It took us a long, long while.

As we trudged along the rails,
How frequently all three of you children suffered from diarrhea!
Every ten minutes or so,
One after another,
Each of you would have to stop and squat.

When we finally arrived at Rakuraku-en in the evening,
Aunt Takahashi exclaimed,
"You all look so sick. I tell you, you should go to a hospital.
What would you do if other people catch your illness?"
Everyone thought that you might have an infectious disease,
Like dysentery or something.
At that time, nobody knew

That your diarrhea was caused by the radiation from the atomic bomb.
This disease is what we later called the "A-bomb syndrome," [2] isn't it?

Consequently,
The local officials sent *daihachi-guruma*,
A large, wooden two-wheeled handcart,
From the Itsukaichi Town Office.
That day a stout middle-aged woman came to get us.
The floor of the cart was lined with a rough straw mat.
All four of us, injured and sick, rode in it,
And sat on this rough surface
All the long way to the infectious disease hospital [3]
In the inner part of Itsukaichi.

Since the hospital was so crowded with burned and injured bomb victims,
The patients spilled over to the stairways and the corridors,
And even to the eaves of the hospital outside.
The patients far outnumbered the number of hospital beds.
Some were lucky if they were lying on futon mattresses
That they had brought in.
But many were just lying on rough sheets of woven straw,
Or even directly on the floor without any padding.

The only items that made the place look like a hospital
Were the basins of disinfecting solution placed at each end of the corridors,
So that the staff and caretakers could wash their hands.

Since the toilets were always crowded with many patients
Who suffered from radiation-induced diarrhea,
I wanted a bedpan for you children.
Searching,
I found a small piece of galvanized metal, commonly used to roof sheds,
By the side of the road.
By slightly bending the four corners of the sheet with my hands and feet,
I made a bedpan for you.
I had a hard time of it, though,
Because the gash in my left arm had not yet healed.

Gradually, it became known
That this diarrhea was not caused by an infectious disease.
So the four of us were discharged from the hospital,
Though it didn' t at all mean that we' d gotten well.
By then, food had become so scarce in Japan
That the hospital had not been able to provide much food for any of us.
And so we became very thin and weak.

Step by step, along the Oka-no-shita River,
We trudged back to Rakuraku-en.

After walking an hour,
We found in the river a small island that was connected by a land bridge.
We decided to cross the land bridge to the island
And to stop there and have a rest,
And share the two precious rice balls
That the hospital had given us upon our discharge.
This was the only food that the hospital could have provided us.
I split the two small rice balls in half,
And each of us nibbled on his or her share,
Little by little, savoring the taste of each grain of rice.

Around that time, I started to believe
That Nobuichi must have died.
If he were alive,
He would have come to either Uchikoshi or Rakuraku-en.
If he could speak,
He would have asked someone to send us a message.
But alas, I had heard by then
That the soldiers of his unit were doing morning exercises
Out in the open on the Western Drill Ground[4]
On the day they dropped the Bomb.

If that were true,
There would have been no way for him to have survived.

Thus, while eating that little clump of rice,
I felt so forlorn.
My house had burned down.
I had no money at all.
I had no skills to earn a living.
And with these three sick and injured children,
How would I ever manage?

Looking down at the rushing water,
I slipped into thoughts of suicide.

If I' d had only one child,
I' m sure that I would have taken that child in my arms,
And killed the two of us by drowning.

Even with two children,
I think I could have managed it if I leapt into the river,
Dragging you children with me.

But as I had three children,
You and Koji and eight-year-old Shoichi,
It was just physically impossible to hold all three of you tightly,
Because of the injuries to my arm.

So the moment passed.

And that's the only reason
Why you are still alive today.

〈footnote〉

1 About 7 miles southwest from the hypocenter.

2 Acute disorders caused by radiation, blast, or heat rays of the atomic bomb. In addition to external injuries and burns, they included vomiting and loss of appetite, diarrhea, hair loss, exhaustion, fever, headaches, vomiting blood, blood in urine, blood in stools, stomatitis, purpura, reduction of leukocytes and erythrocytes.

3 About 3 miles north of Rakuraku-en.

4 About 500 yards from the hypocenter.

“My Little Dolly”
(“*Watashi no Ningyo*”)

I remember it was early October.
After returning to Rakuraku-en from the infectious disease hospital,
I finally came down with a bout of the “A-bomb syndrome.”

Your Grandma used one of the rental homes in Rakuraku-en
As a temporary wartime evacuation home in the suburbs.
But her small, three-room house had become crowded
With as many as twelve relatives
Whose houses had all been burned down by the bombing.
At the corner of her small living room,
I asked Aunt Tamura to spread a *futon* mattress on the *tatami* straw mat floor,
And I then collapsed onto it in a heap.

By that time, Shoichi's and Koji's health had started to improve,
But only you and I became ill again.
I bet you were the one who had the “A-bomb syndrome” the worst.

You lay down next to me and we shared the *futon* mattress.
My left arm with its deep, throbbing wound had still not healed.
And some of the wounds on the left side of my face and shoulder,
Still had bits of glass in them and had become infected.

By then, most of my hair had fallen out.
I developed a fever and always felt tired.
Soon, I got so thin and weak
From my injuries and the severe diarrhea
That I couldn't even move a muscle.
I felt very sorry for you, daughter,
Because I couldn't take care of you
Even though you were lying right beside me.
I couldn't give you water, even a little sip.

Lying on my back, staring up at the ceiling,
I wondered, in this impossible situation,
What I could possibly do for you.

And it occurred to me that I could teach you a song.
It was "*Watashi no Ningyo* (My Little Dolly)."
Yes, that was the title.[1]

It went like this:

> "My little dolly —
> She's such a good dolly,
> When I sing to her,
> She goes right to sleep,
> Left all alone, she never, ever cries.
> My little dolly —
> She's such a good dolly."[2]

My little dolly, she's such a good dolly,

My 'ittle dolly's … a goo' 'ittle dolly

When I sing to her, she goes right to sleep,

'en I thin' chee go sleep

Left all alone, she

nev-er ev-

er

cri-

e-

s

Lef' alon' chee

ne -

'er

e- 'er

And then we cried, you and me.

〈footnote〉

1 The original title of this Japanese song is just "*Ningyo*", 1911.

2 Adapted from translation by June Sumida.

Contents

Masako' s Story

Revised prose poems of Chapter One, "*Haha no Shogen*"

Appendix

Masako' s Story

Revised prose poems of Chapter One,

"*Haha no Shogen*"

【著者略歴】

大竹 幾久子

（Kikuko Otake［旧姓：古田幾久子］）

大阪市で生まれる。1945年５月頃両親の出身地である広島市に戻る。

1945年８月６日、爆心地から1.7キロメートルの広島市西区打越町で原爆に被爆、負傷。その後、「原爆症」になり、その年の11月頃まで病床に臥す。父を原爆で亡くす。

広島の五日市小学校、ノートルダム清心女子中学校、国泰寺高等学校卒。

津田塾大学卒業後、1968年に渡米結婚。以後、米国カリフォルニア州に在住。

修士号を取得して、カリフォルニア州立大学などで日本語を教え、非常勤助教授として引退。現在に至る。

被爆体験を書いた本『アメリカへ　ヒロシマから』（ケイ大竹著）を2003年に丸善（株）から自費出版。この本の英語版 *Masako's Story：Surviving the Atomic Bombing of Hiroshima*　Kikuko Otake著を2007年にAhadada Booksから出版。*Masako's Story：Surviving the Atomic Bombing of Hiroshima* のRevised Second Edition、Kikuko Otake著を2011年にAuthor Houseから出版（ISBN：978-1-4634-4338-2）。本書『いまなお　原爆と向き合って』は、初版の『アメリカへ　ヒロシマから』を、大幅に書きかえて、編集しなおしたものである。

また、俳句、短歌を以前は『小説新潮』や『オール讀物』に投稿、2000年代になってからは、朝日新聞、ＮＨＫ、海外日系文芸祭、明治神宮献詠短歌大会などに応募、川柳は毎日新聞の万能川柳に投稿し、入選多数。2013年には朝日新聞の朝日歌壇賞を受賞。在住するカリフォルニア州でも、短歌、俳句、川柳、詩などの創作活動をしている。

息子二人は成人し、現在、夫と二人でロスアンゼルス市郊外に米国帰化市民として暮らしている。

いまなお 原爆《げんばく》と向《む》き合《あ》って ——原爆《げんばく》を落《お》とせし国《くに》で——

2015 年 8 月 6 日　初版　第 1 刷　発行

著　者　大竹《おおたけ》 幾《き》久《く》子《こ》
発行者　比留川　洋
発行所　株式会社　本の泉社
〒 113-0033　東京都文京区本郷 2-25-6
電話 03-5800-8494　FAX 03-5800-5353
http://www.honnoizumi.co.jp/
DTP デザイン：田近裕之
印刷　音羽印刷 株式会社
製本　株式会社　村上製本所

ISBN978-4-7807-1238-4　C0036